## COLIN THIBERT

Né en 1951 à Neuchâtel, Colin Thibert est écrivain et scénariste. Remarqué pour ses publications dans la « Série noire », il est lauréat du Prix SNCF du Polar pour *Royal Cambouis* (2002) et du Prix Roland-de-Jouvenel décerné par l'Académie française pour *Torrentius* (2019), publié aux Éditions Héloïse d'Ormesson. Récemment, *Mon frère, ce zéro* (2021) et *La Supériorité du kangourou* (2022) ont paru chez le même éditeur.

# MON FRÈRE, CE ZÉRO

COLIN THIBERT

# MON FRÈRE, CE ZÉRO

Éditions Héloïse d'Ormesson

FSC
www.fsc.org
MIXTE
Papier issu de sources responsables
FSC® C003309

L'éditeur de cet ouvrage s'engage dans une démarche de certification FSC® qui contribue à la préservation des forêts pour les générations futures.

Pour en savoir plus :
www.editis.com/engagement-rse/


ISBN : 978-2-266-32223-2
Dépôt légal : avril 2022

# 1

Question toilettes sèches, Antoine Percier se considérait, à juste titre, comme un expert. Il avait confectionné les siennes de ses propres mains, avec du bois de récup. Elles étaient sa joie, sa fierté, le témoignage odorant de son engagement écologique car il trouvait rarement le courage d'aller jusqu'au fond du terrain vider la tinette dans le compost.

Du temps où il avait encore la télévision, Antoine avait été ému par un reportage où l'on voyait un couple de vieux babas charger leur répugnant baquet sur une charrette, tirée par une mule. Il en rêvait encore. Son RSA, hélas, ne lui permettait pas de s'offrir une mule. Une compagne encore moins.

— Elles schlinguent, tes chiottes ! lança Jean-Jacques qui revenait du lieu d'aisance.

Antoine se dit que c'était là une réflexion de petit-bourgeois. Jean-Jacques, qu'il vénérait auparavant, le décevait un peu depuis qu'il était son hôte. Mais il serait bientôt son associé dans une entreprise audacieuse qui allait résoudre leurs problèmes de fric, et tout s'arrangerait.

Antoine présenta ses excuses pour le désagrément. Il s'excusait à tout bout de champ. Il sollicita un coup de main pour évacuer le récipient.

— Avec mes problèmes de vertèbres ? répliqua Jean-Jacques. Tu veux ma mort !

— Je savais pas, pour tes vertèbres. Je m'excuse.

À voir Jean-Jacques, on ne l'imaginait pas fragile du dos, ni d'ailleurs. Très blond, très baraqué, il avait un côté viking assumé, l'œil bleu, la mâchoire puissante, le sourire étincelant, et une estime de soi qui frisait l'adoration. L'éducation dispensée jadis par un cours privé catholique l'avait doté d'un vernis suffisant pour briller sans effort auprès de ceux qui n'avaient pas eu les mêmes chances, et d'assez de bon sens pour se taire lorsqu'il était confronté à plus cultivé.

Antoine, à l'inverse, était de taille modeste, limite cachectique. Il avait le cheveu plat et gras sous la casquette qu'il n'ôtait jamais, les dents gâtées, la diction trébuchante. La moustache roussâtre qu'il s'était laissé pousser, dans l'espoir de donner du caractère à son visage, le faisait ressembler à un rat plus qu'à un dictateur.

Ballotté dès le plus jeune âge entre une mère irresponsable et des grands-parents plus enclins à se plaindre de leur sort qu'à le cajoler, son enfance avait été plus grise que rose. À peine sorti de l'école, où il avait peu appris et servi de tête de Turc aux plus méchants, il avait entrepris de se chercher un travail, ainsi qu'une famille selon son cœur. Il avait obtenu le premier comme cariste dans une cimenterie, et avait cru trouver la seconde auprès de la section syndicale de l'usine où on l'avait appelé « camarade » en lui assenant des claques viriles sur les omoplates. Antoine avait dès lors généreusement payé de sa personne, devenant le champion incontesté de la distribution de tracts, le recordman absolu du temps passé en piquets de grève. Mais il avait beau faire, il avait beau dire, personne ne semblait le voir ni l'entendre. Antoine était voué à la transparence, il se sentait toujours exclu de la chaude amitié qui unissait les autres.

La cimenterie ferma. Suivirent des emplois sporadiques et mal rémunérés, le chômage, puis plus rien. Amer, désœuvré, Antoine se tourna vers l'écologie, renonçant progressivement à la lutte des classes pour s'ériger en défenseur de la Nature. Il fit preuve, dans son nouvel engagement, de la même ferveur, de la même énergie désespérée qu'il avait mises, autrefois, à faire triompher la justice sociale. Il paraissait disposé à tous les sacrifices, aucune corvée ne le rebutait. Antoine devint le faucheur de maïs OGM le plus performant et il pouvait se vanter d'avoir été plus matraqué que n'importe qui. Mais en dépit de ses efforts, rien ne changea. Il restait insignifiant et personne ne l'aimait. Surtout pas les femmes. Aussi Antoine avait-il secrètement vénéré Jean-Jacques, grand frère fantasmé, modèle inimitable, idéal inatteignable. L'amitié que ce dernier condescendait parfois à lui témoigner le faisait frissonner comme une vierge. Aujourd'hui, il en était un peu revenu, Antoine.

Jean-Jacques se laissa aller dans l'unique chaise longue avec un soupir d'aise. La soirée était douce.

— T'aurais pas un truc à boire en attendant Canard ? demanda-t-il.

Ce nom absurde avait surgi, quelques jours plus tôt, dans la conversation d'Antoine. C'était, avait-il expliqué, un jeune, sympa, qui travaillait comme commis de cuisine dans un établissement de santé haut de gamme, à vingt bornes de Cussingeac. Il se faisait une petite gratte en fauchant régulièrement, dans la réserve de l'établissement, des conserves qu'il revendait ensuite, pour trois fois rien, à ses potes.

— Tiens, les chinchards au vin blanc qu'on a mangés l'autre jour, c'était lui !

— Super, commenta Jean-Jacques, qui ne prêtait qu'une oreille distraite au bavardage d'Antoine.

— Il est sur un coup, Canard.

— Ah ouais ?

— Un gros coup, insista Antoine. Plusieurs millions d'euros.

À ces mots, Jean-Jacques devint plus attentif.

— Moi, je suis prêt à marcher avec lui.

Jean-Jacques dévisagea Antoine, goguenard.

— C'est une blague ?

— Pas du tout.

— Tu vas te lancer dans un coup de plusieurs millions ? Toi ?! Avec tes cinquante kilos tout mouillé ?

— Je m'excuse, Jean-Jacques, mais je m'en sors pas avec mon RSA. Il me faut plus de pognon.

— On en est tous là, mon vieux.

— Canard et moi, on a besoin d'un associé, reprit Antoine avec espoir. Et moi, je pense que tu es le type idéal.

— Si c'est un casse, c'est non tout de suite ! coupa Jean-Jacques.

Si désespérée que fût sa situation, il ne se voyait pas braquer une banque, une bijouterie ou un fourgon blindé. Surtout avec le pitoyable Antoine et son copain Canard, dont on pouvait, raisonnablement, craindre le pire.

— C'est pas un casse, murmura Antoine avec un sourire aguicheur. C'est beaucoup mieux ! Pas d'armes, pas de violence…

— Comme Spaggiari, quoi ?

— Voilà, c'est ça ! approuva Antoine, qui ne savait pas trop si Spaggiari était un coureur cycliste ou un artiste de la Renaissance italienne.

— Creuser des tunnels, c'est pas trop mon truc non plus, grommela Jean-Jacques, qui abhorrait l'effort physique.

— Des tunnels ? répéta Antoine, l'œil incertain. Pourquoi des tunnels ?

— Pour arriver aux coffres de la banque.

— Ah, oui… Mais non. Pas besoin de tunnel. Le coffre-fort, il va s'ouvrir tout seul !

— Qu'est-ce que tu racontes ? Où t'as vu ça, toi, des coffres qui s'ouvraient tout seuls ?

— Écoute, le mieux, ce serait que Canard t'en cause lui-même.

— C'est sûr, ce serait mieux, dit Jean-Jacques, las d'entendre bafouiller Antoine. Au fait, pourquoi tu l'appelles Canard ? Il fait coin-coin quand il arrive, ton pote ?

— Non, c'est son nom. Canard. Sylvain Canard.

Canard avait promis de passer, une fois son service terminé.

Antoine, en attendant, s'empressa :

— Qu'est-ce qui te ferait plaisir, Jean-Jacques ? Vin ou bière ?

— Bière, répondit Jean-Jacques, sachant quelle piquette Antoine qualifiait de vin.

Antoine disparut à l'intérieur de la caravane, posée de guingois sur un lit de parpaings. Il s'obstinait à l'appeler son mobil-home, un snobisme qui faisait sourire Jean-Jacques. Le reste de la propriété, maigre héritage de ses grands-parents, consistait en une étroite langue de terrain, plantée d'herbes folles, de buissons rêches, de carcasses de cyclomoteurs et autres appareils ménagers hors d'usage qu'Antoine espérait recycler. Il passait une partie de ses nuits à potasser, sur Internet, des techniques et des schémas de montage très au-dessus de ses capacités. Témoin de son incompétence, son chauffe-eau solaire, fabriqué à partir de fûts réformés, qui distillait au compte-gouttes un liquide couleur rouille, tiède ou froid selon la température extérieure.

À la pointe sud de la parcelle poussaient quelques légumes chétifs mais garantis bio.

Canard débarqua une heure plus tard. Il pouvait avoir une trentaine d'années. Plus grand que Jean-Jacques, plus maigre aussi, le crâne entièrement rasé, il portait une mouche de poils noirs sous la lèvre inférieure et un anneau d'or à l'oreille droite. Des dragons écailleux, des scorpions et des araignées étaient tatoués sur ses avant-bras, des motifs ethniques compliqués remontaient le long de son cou à la façon d'un lierre. Il tendit à Jean-Jacques une main osseuse et veule, puis réclama une binouze qu'Antoine se hâta de lui servir.

Canard se tenait de curieuse façon, la nuque rentrée dans les épaules. Ses yeux à fleur de tête, sans arrêt sur le qui-vive, lui conféraient quelque chose d'un animal aux aguets ; ils étaient d'une couleur indéfinissable, presque mordorée. Ses bras, plus longs que la moyenne, pendaient mollement le long de son torse. Un lémurien ! songea Jean-Jacques. Fasciné, il observa la pomme d'Adam de Canard aller et venir, comme un trolley sur un câble, tandis qu'il éclusait la bière. Antoine souriait bêtement, visiblement sous le charme. Canard rota, s'essuya la bouche d'un revers de main et broya la cannette dans son poing.

— Il paraît que tu es sur un coup formidable ! lança Jean-Jacques, que ce numéro à la Marlon Brando commençait à fatiguer.

En guise de réponse, l'autre plongea la main à l'intérieur de son blouson et en tira un téléphone portable. Il pianota quelques secondes sur les touches du clavier avant de tendre solennellement l'appareil à Jean-Jacques. Ce dernier découvrit sur l'écran le visage légèrement bouffi d'un homme d'une soixantaine d'années au crâne dégarni, au regard très bleu. Il portait une chemise à carreaux et une épaisse moustache grise.

— Et alors ?

— Ça t'dit rien ?

— Pourquoi je devrais connaître ce péquenaud ?

Canard et Antoine gloussèrent, échangeant des regards complices et ravis, comme s'ils venaient de faire une excellente blague. Fouillant à nouveau ses poches, Canard en sortit un portefeuille usé, et du portefeuille une photocopie couleur qu'il déplia et lissa soigneusement avant de la passer à Jean-Jacques. C'était une couverture du magazine *Challenges*, vieille de quelques mois, sur laquelle un homme en costume-cravate fixait l'objectif avec une expression impitoyable. Il avait une soixantaine d'années, des yeux très bleus, les cheveux noir corbeau. La légende précisait : « Thibault Dastry, manager de l'année ».

Comme tout le monde, Jean-Jacques avait entendu parler de Thibault Dastry, grand patron du CAC 40, dont la fortune, estimée à près de cinquante milliards de dollars, le classait parmi les personnes les plus riches du monde. Dastry avait des billes partout : aéronautique, armement, grande distribution, travaux publics, agroalimentaire, médias.

— Bon. C'est ce salopard de Thibault Dastry, grommela Jean-Jacques, qui détestait les capitalistes autant que les devinettes. Et alors ?

— Les oreilles, lui souffla Antoine. Mate les oreilles !

Elles étaient grandes, étonnamment grandes sur le portrait du journal comme sur celui du téléphone.

— D'accord, ces deux types ont des oreilles immenses ! concéda Jean-Jacques, gagné par un début d'agacement.

— Et leurs yeux sont pareils, fit remarquer Antoine.

— Moi aussi, j'ai les yeux bleus, bougonna Jean-Jacques.

— Enlève les cheveux à l'un et la moustache à l'autre, dit-il, c'est le même homme !

— Possible, admit Jean-Jacques, qui ne voyait pas du tout où ils voulaient en venir.

— Pas possible, certain ! exulta Canard. Tu sais qui c'est, le plouc chauve à la moustache ?

— Vas-y, accouche.

— Le frère jumeau à Thibault Dastry !

Antoine jubilait.

— Ça t'en bouche un coin, non ?

Jean-Jacques se contenta de grogner. Canard martela :

— Julien Dastry, jumeau de Thibault Dastry, est pensionnaire aux Cyprès depuis trente ans.

— Aussi près de quoi ?

— Non, aux « Cyprès ». C'est le nom de la maison de santé où je bosse. On appelle ça une maison de santé, mais en réalité c'est un asile de dingues. De doux dingues, en fait, y en a pas de vraiment dangereux, mais y en a des sévères quand même, tu peux me croire.

— Les gens qui sont là, reprit Antoine, qui paraissait bien connaître le sujet, c'est souvent parce qu'ils font tache dans leur famille, tu vois ? Aux Cyprès, ils sont bien logés, bien nourris, bien propres sur eux. Mais surtout, personne sait qu'ils sont là. C'est ça, qui compte. Un gros ponte comme Dastry, il a pas envie que tout le monde soye au courant qu'il a un jumeau demeuré, tu comprends ?

— Soit, pas « soye », corrigea machinalement Jean-Jacques.

Il demanda ensuite :

— Il a quoi, exactement, ton bonhomme ?

— Une fortune dont t'as même pas idée…

— Je parlais du jumeau qui est interné. Qu'est-ce qu'il a comme handicap ?

— Je dirais qu'il lui manque un petit quart d'heure de cuisson, dit Canard en ricanant.

— Et c'est quoi, ton fameux plan ? Faire chanter Thibault Dastry en menaçant de révéler à la presse qu'il a un frère taré ?

— La presse, c'est lui ! lança Antoine d'un air dégoûté. Il possède la moitié des journaux de ce pays, ce con. Sans parler des radios et des chaînes de télé. Non. L'idée de Canard, elle est bien plus sioux.

L'intéressé réclama une autre bière et prit son temps pour la boire. En plus, il ménage ses effets, le lémurien ! songea Jean-Jacques, qui ne voyait toujours pas en quoi pouvait consister le coup qui excitait tant les deux copains.

Canard, pour sa part, était perplexe. Il le sentait moyen, le nouveau pote d'Antoine. En dépit de son look rasta-baba-cool, c'était quand même un vieux, et on ne se méfie jamais assez des vieux. Et puis c'était le genre à vouloir tout diriger, ça se sentait. En même temps, ils en avaient discuté ensemble à maintes reprises, Antoine et lui, il leur fallait impérativement un troisième homme. Si l'on faisait abstraction de ses *locks* et de sa barbe, Jean-Jacques avait le physique, l'aplomb et l'éducation qui convenaient. Canard finit par murmurer à l'oreille d'Antoine.

— Ce mec ? On peut vraiment lui faire confiance ?

— Il est de gauche.

— Ça veut rien dire, ça, bordel !

— Quand même ! protesta Antoine. Mais plus réglo que Jean-Jacques, assura-t-il, y a pas. Je te jure !

Canard fixa longuement Jean-Jacques. Sous le regard de ces étranges yeux mordorés, ce dernier se demanda si le gars n'était pas aussi dérangé que les pensionnaires dont il préparait les repas.

— Bon, vous m'expliquez, oui ou merde ? s'impatienta Jean-Jacques.

— Canard est devenu pote avec la nana qui s'occupe de la compta des Cyprès, dit Antoine.

— Elle s'appelle Émilie, enchaîna Canard. Elle m'a balancé deux ou trois infos confidentielles. La pension à Julien Dastry, par exemple, elle est virée tous les mois depuis une banque de Genève.

— Sept mille cinq cent quatre-vingts euros, précisa Antoine, tu te rends compte ? Ils se font pas chier !

— Oui. Bon. Et alors ?

— Comme tous les riches, Dastry a plein de pognon en Suisse. Ce fric, on va mettre la main dessus ! assura Canard en écrabouillant sa deuxième cannette.

— Sans violence et sans armes ! précisa Antoine.

Jean-Jacques les regarda tour à tour avant de déclarer :

— Je suis peut-être idiot, mais je ne comprends absolument pas comment vous allez vous y prendre.

— On va se servir de Julien Dastry, tiens !

Canard et Antoine souriaient comme des idiots, sûrs de leur affaire, bourrés d'optimisme. Ils en avaient parlé mille fois, ça marcherait à condition de trouver le troisième homme. Jean-Jacques reprit en détachant ses mots :

— On va se servir de Julien qui est débile ? C'est bien ça ?

Sur le ton patient d'un prof confronté à un élève particulièrement lent, Canard développa :

— T'as vu sa photo ? C'est le portrait craché de son frère, d'accord ?

— Craché, craché, c'est beaucoup dire.

D'un geste, Canard balaya l'objection.

— Imagine-le rasé, une moumoute noire sur le crâne, super bien sapé, avec un chauffeur, un garde du corps et une limousine... Tout le monde croira que c'est le vrai ! Le riche ! Thibault ! Il se pointe à sa banque suisse, il demande à retirer une grosse somme en liquide, et on touche le pactole, les mecs !

— Non, non, non, non ! objecta Jean-Jacques. Ça ne peut pas marcher, votre idée ! C'est forcément plus compliqué que ça. Forcément !

— Crois pas ça ! Dès l'instant où t'as le numéro du compte, tu fais ce que tu veux.

— C'est ça, le problème !

— Quoi ?

— Le numéro de compte. Il faut le connaître.

— On le connaît ! triompha Antoine.

— Quand le fric arrive de Suisse, expliqua Canard, le numéro figure sur le relevé. Moi, j'ai fait genre j'y croyais pas, mais Émilie me l'a montré, et je l'ai mémorisé par cœur !

Jean-Jacques ne jugea pas utile de relever la redondance. Il était toujours sceptique. Ça paraissait trop simple.

— On s'est renseignés sur Internet, insista Antoine. Pour effectuer un retrait, quel que soit le montant, il suffit d'une signature.

— Eh ben justement !

— Justement quoi ?

— Ton débile, il ressemble peut-être à son frère comme deux gouttes d'eau, mais il ne peut pas signer comme lui ! C'est impossible !

Nouvel échange de regards entendus entre Antoine et Canard, qui reprit :

— Mon débile, comme tu dis, il passe des heures à recopier des trucs dans un cahier.

— Des trucs ?

— Ça peut être un timbre sur une enveloppe. Ou une étiquette sur un vêtement, un ticket de bus, ce genre de choses. Il est super minutieux.

— Tu crois qu'il serait capable d'imiter la signature de son frère ?

— Sûr. C'est même facile comparé à un truc imprimé.

— Ouais… Admettons. Mais la signature de Thibault Dastry, tu la trouves où ?

— Aux Cyprès, répondit Canard. La famille doit signer des tas de paperasse. J'ai fait des photocopies. J'ai des modèles. Suffit que Julien s'exerce un peu.

— Il a pensé à tout, Canard ! clama Antoine.

Jean-Jacques fut brièvement contrarié de partager avec un autre l'admiration canine qu'Antoine lui vouait. Il poursuivit :

— OK. Imaginons qu'il arrive à signer pareil que son frère. Mais si jamais le banquier engage la conversation, il va faire quoi, Mongolito ? Baver sur ses grolles ? Faire sous lui ? Sortir sa bite ?

— T'y es pas du tout ! répliqua Canard, un peu pincé. Julien, c'est pas ce genre de dingue ! Il parle normalement, il sait un peu lire et il est capable d'écrire son nom en lettres bâtons. Il a juste un comportement un peu bizarre, par moments.

— Bizarre comment ?

— Il a des manies. Des tocs. Il peut répéter des phrases en boucle pendant des heures. Et des fois, il se bloque.

— Il se bloque ?

— Il refuse de bouger, quoi. Comme un bourricot, tu vois.

— Comme ça ? Sans raison ?

— Ça peut être à cause d'une fourmi qu'il a peur d'écraser, d'une brindille qui a une forme qui lui fait peur, de la pluie. Des trucs auxquels tu penserais pas.

— Putain ! Et on fait quoi, dans ce cas-là ? Comme pour le bourricot, on tape dessus ?

— Pas nécessaire. Y a des super médocs. La Leprolazamine, le Ternazol, la Diproplamine. Un p'tit shoot, ça le remet aussi sec sur les rails.

Jean-Jacques lança alors, perfidement :

— Antoine m'a pas dit que tu bossais aux cuisines ?

— Si, pourquoi ?

— T'épluches les légumes et tu récures le cul des casseroles, c'est ça, ton taf, non ?

— Je fais pas que ça, dit Canard en se renfrognant. Des fois, le chef, y m'laisse monter une sauce ou surveiller une cuisson…

— Je veux dire : qu'est-ce que t'y connais, en médocs ? coupa Jean-Jacques.

Une ombre envahit le visage de Canard.

— Depuis le temps, j'ai appris.

— À force, il en sait autant que les toubibs ! renchérit fièrement Antoine.

De fait, Canard avait, en pharmacologie, des connaissances aussi étendues qu'empiriques pour avoir testé lui-même quantité de substances dans les divers hôpitaux psychiatriques où il avait séjourné, en tant que patient, au cours de ses années de jeunesse. Il ne se contentait d'ailleurs pas de razzier des conserves dans les réserves de la clinique, mais faisait également main basse sur le contenu de la pharmacie dès que l'occasion se présentait. Cela lui permettait de satisfaire sa consommation personnelle, et il fourguait l'excédent à quelques toxicos de ses relations. Canard était toujours plus ou moins chargé, un détail qu'Antoine ignorait, croyant naïvement que le jeune homme était un peu instable, sujet à des sautes d'humeur, conséquence d'une enfance difficile.

Dans la tête de Jean-Jacques, ça se bousculait entre excitation, méfiance et incrédulité. Il sentit qu'il frisait la surchauffe et partit pisser au fond du terrain.

# 2

Lorsqu'il vivait encore avec Birgit, Jean-Jacques faisait peu de cas d'Antoine Percier, bien qu'il leur fût arrivé de manifester ensemble ou de saccager, au coude-à-coude, quelques parcelles de maïs transgénique. Mais ce temps était révolu. Répudié par sa concubine, Jean-Jacques était désormais dans une situation si précaire qu'il devait se raccrocher à toutes les branches, y compris les plus minces et les plus pourries. Il était tragiquement conscient que le mobil-home d'Antoine représentait la dernière étape avant la rue…

C'était la faute au démon de midi qui l'avait poussé dans les bras de Mélanie. En vingt-cinq années de vie commune, Jean-Jacques avait eu amplement l'occasion de tromper Birgit, en particulier à l'époque où ils proposaient leurs stages « Apiculture et méditation ». Jean-Jacques se pavanait alors en babouches et en gandoura, des colliers de pierres et d'os autour du cou, des plumes dans le chignon. Ainsi travesti en shaman, il ne manquait pas de panache, et quelques participantes, jeunes et moins jeunes, s'étaient laissé séduire. Birgit avait feint d'ignorer ces écarts passagers.

Avec Mélanie, Jean-Jacques perdit toute prudence, toute mesure. Il faut reconnaître que la jeune femme aurait fait perdre la tête au cénobite le plus endurci, que l'on me pardonne ce jeu de mots. Aussi noire de cheveux que son prénom le laissait présager, de troublants yeux verts, de fermes rondeurs, une peau qui rappelait l'abricot, tant par la saveur que par la texture, telle était Mélanie. D'un naturel simple et sensuel, elle était tombée sous le charme viril de Jean-Jacques, qui venait, chaque samedi, vendre son miel au marché de Gardaillègues, à côté du stand où elle-même proposait ses créations artisanales : bougies, macramés, ceintures et bijoux fantaisie. Le fait que Jean-Jacques eût sensiblement le même âge que son père n'avait pas freiné Mélanie : quand on aime, on ne compte pas. Elle l'appelait son nounours, son gros pépère, son grand Viking, aimait à se blottir après l'amour contre son torse puissant, en forme de barrique. Elle le trouvait « super cool » parce qu'il portait des locks, fumait des bédos, et professait des opinions extrémistes. Elle l'imaginait solide et rassurant alors qu'il fissurait déjà de partout. Et pas qu'un peu.

Jean-Jacques, en effet, vivait mal sa cinquantaine, se désolant de l'avachissement qui gagnait son corps, vessie comprise. Encore n'était-il pas conscient de l'effet amollissant de trente années de fumette sur son cerveau et sa diction, l'un et l'autre volontiers pâteux. Il était cependant assez imbu de lui-même pour trouver normal qu'une femme aussi jeune et aussi belle que Mélanie se jetât dans ses bras. Du festin de chair fraîche qu'elle lui dispensait sans mégoter, jamais il n'était rassasié. Mélanie lui insufflait une énergie nouvelle, un regain de vitalité, une apothéose. Il sembla même à Jean-Jacques qu'il bandait plus fort, plus dur qu'avant : il est vrai qu'il se gavait en douce de gelée royale pour assurer. Mélanie lui devint vite aussi indispensable que la marie-jeanne.

Au début de leur liaison, les amants se retrouvaient chaque samedi, après le marché, dans un petit coin de nature sauvage où murmurait un ruisseau. La mauvaise saison venue les contraignit à se rabattre sur l'hôtel, car la jeune fille habitait encore chez ses parents. Jean-Jacques ne remontait chez lui, à la Rouveyre, qu'à la nuit tombée. Il racontait alors à Birgit qu'il était tombé sur des potes, qu'ils avaient bu des coups et refait le monde, il n'avait pas vu le temps passer, elle savait ce que c'était. Ou alors il inventait un contrôle de police, des mots échangés avec les gendarmes, ces enfoirés, qui l'avaient sadiquement retenu pour lui faire les pieds. Birgit, qui n'aimait pas les flics, s'indignait, compatissait, pressait son homme contre ses généreuses mamelles en répétant :

— Ma pauvre Jiji, vraiment, tu n'as pas la chance !

Née à Frøstrup, Danemark, Birgit Olufsen vivait en France depuis trente ans, mais elle était toujours fâchée avec les genres et la syntaxe. De plus, elle s'obstinait à appeler Jean-Jacques « Jiji », diminutif qu'il avait en horreur.

Birgit trouvait toutefois son compte aux absences de Jean-Jacques : elle avait la maison pour elle seule, pouvait écouter la musique qu'elle aimait et qu'il détestait, boire autant de canons qu'elle en avait envie sans s'attirer de réflexions désobligeantes. Le soir venu, elle était soulagée de le voir s'endormir comme une masse, après un ultime pétard : avec la ménopause, elle avait perdu goût au sexe.

Pour mieux profiter de Mélanie, Jean-Jacques résolut d'aller vendre son miel au marché de Cussingeac qui se tenait le vendredi.

— Tu as toujours dit c'était une marché pourrie avec un clientèle de merde ! s'étonna Birgit.

— C'était comme ça autrefois. Ça a beaucoup changé.

— C'est toi qui vois, Jiji, dit Birgit qui, dans le fond, s'en tapait.

Grâce à ce subterfuge, Jiji put sauter Mélanie le vendredi aussi. Mais il lui en fallait plus, il était insatiable. Il renoua avec le groupuscule écologiste local dont il s'était éloigné, à cause d'un différend sur la question des éoliennes. Un engagement, expliqua-t-il à Birgit, qui le contraignait à deux réunions hebdomadaires, les lundis et mercredis soir, plus en période électorale. Les jours en question, Jean-Jacques rentrait épuisé à trois ou quatre heures du matin. Il fit aisément admettre à sa compagne que ce n'était pas raisonnable : il risquait sa vie, de nuit, sur ces routes sinueuses, à la merci d'un chauffard ou d'un sanglier. Elle en convint sans difficulté. Les soirs de réunion, Jean-Jacques resterait donc dormir chez Antoine Percier qui disposait d'une couchette libre dans son mobil-home. Birgit n'y vit pas malice. Antoine tira de cette connivence entre mâles une fierté démesurée et le sentiment de baiser lui aussi, par procuration, la ravissante Mélanie.

Jean-Jacques commença alors à se plaindre ouvertement de ne pas être heureux en ménage, il parla de quitter Birgit. Mélanie s'en alarma : elle éprouvait pour le troisième âge un respect teinté de tendresse et trouvait cruel qu'il envisageât d'abandonner sa vieille compagne. Que deviendrait-elle, seule à son âge, si moche, si grosse ? Jean-Jacques n'en démordit pas, jurant haut et fort, dans les bistrots de Gardaillègues et de Cussingeac, qu'il allait épouser Mélanie et lui faire cet enfant que Birgit, suite à des problèmes d'ovaires, n'avait jamais pu avoir. Il le voyait déjà, ce Jean-Jacques junior : beau comme sa mère, fort comme son père. Mélanie écoutait ces déclarations attendrissantes et le laissait dire. Toutefois, elle s'estimait trop jeune pour être mère. Les soiffards locaux et autres parasites de comptoir encourageaient bruyamment Jean-Jacques dans ses résolutions : il n'est jamais trop tard pour être père, clamaient-ils.

S'il est communément admis que l'amour rend aveugle, il rend également con. Tout à ses projets d'avenir, Jean-Jacques avait négligé un détail : il dépendait financièrement de Birgit, et cela, depuis si longtemps qu'il en était arrivé à l'oublier. Ce n'est évidemment pas en vendant ses pots de miel au marché, et sa petite récolte de beuh sous le manteau, qu'il pouvait s'offrir une maison comme celle de la Rouveyre, conduire une camionnette Fiat avec moins de mille kilomètres au compteur, et partir se ressourcer au Maroc ou en Thaïlande pendant les mois où ses abeilles étaient en sommeil.

Birgit Olufsen était arrivée en France à la fin des années 1980, avide de nature, de soleil et de liberté, riche de l'héritage paternel – un sympathique portefeuille qu'une banque de Copenhague gérait prudemment en son nom. Elle avait tracé la route vers le sud au volant d'un emblématique combi Volkswagen décoré de fleurs géantes pour tomber en panne à Gardaillègues, un soir de 14-Juillet. Au bal, après avoir dansé avec les uns et les autres, elle finit dans les bras musclés du beau Jean-Jacques. Ce fut le coup de foudre. Du moins pour la jeune Danoise qui, quelques mois plus tard, écorna son capital pour faire l'acquisition d'une solide maison au hameau de la Rouveyre, où Jean-Jacques avait ses ruches et quelques plants de cannabis.

Certaine d'avoir trouvé son jardin d'Éden, Birgit rapatria ensuite au Crédit agricole de Cussingeac les fonds, encore conséquents, qui lui restaient, en employa une partie à restaurer et moderniser leur nouvelle demeure, une autre à équiper son Jiji d'une camionnette et d'un matériel décents.

En garçon bien élevé, Jean-Jacques ne lui demanda jamais d'où venait son argent ; il se contentait d'en profiter comme il avait profité de celui de ses parents avant de quitter le nid, à vingt-quatre ans révolus, en les traitant de profiteurs, d'exploiteurs, de sangsues, leur souhaitant de crever « étouffés par leur sale fric ».

Hypocrisie ou aveuglement, Jean-Jacques ne manquait jamais une occasion de vilipender le capitalisme. Le zinc du Café du Siècle lui tenait lieu de tribune : il s'y indignait haut et fort de ces licenciements qui engendraient de juteux dividendes dont profitaient les seuls actionnaires. Au nombre desquels Birgit. Pour sa part, elle n'avait pas d'états d'âme, et comme leur train de vie n'était pas ostentatoire, leurs amis, moins fortunés et plus sincères dans leurs engagements, ne prirent jamais conscience du paradoxe. Au fil des ans, contre l'avis de son banquier qui la poussait à l'économie, Birgit n'hésita pas à satisfaire quelques envies de voyage. Elle fit également réparer les dents pourries de Jiji et s'acquitta à sa place des amendes que lui avaient infligées les tribunaux suite à des opérations anti-OGM.

Deux ou trois tempêtes boursières achevèrent de sécher le portefeuille assemblé par feu Mr Olufsen et, au moment où Jean-Jacques se livrait au stupre dans les bras de Mélanie, Birgit apprenait de la bouche de son conseiller financier du Crédit agricole de Cussingeac qu'elle n'avait plus un liard, plus un sou, plus un kopeck, plus rien. Lessivée, elle était.

Elle ne perdit pourtant pas son sang-froid : sa demeure de la Rouveyre étant désormais le seul bien qui lui restait, elle imagina aussitôt en tirer un revenu régulier en louant des chambres d'hôtes, c'était à la mode. La vue admirable que l'on découvrait du premier étage et le calme du lieu ne manqueraient pas de séduire les touristes. Au petit déjeuner, on servirait le pain qu'elle pétrissait elle-même ainsi que le miel de Jean-Jacques, pour peu qu'il acceptât d'augmenter sa production. On pourrait même envisager de transformer l'un des deux garages en boutique où elle vendrait ses confitures et ce fameux coulis de tomates dont tout le monde lui faisait compliment. Gagné par son enthousiasme et sa réactivité, le conseiller promit d'étudier les modalités d'un prêt à un taux avantageux pour financer les travaux indispensables.

Birgit quitta l'agence bancaire le cœur chaviré mais la tête bouillante de projets. La page « confort matériel » venait d'être tournée, elle entamait une nouvelle existence, plus âpre, plus aléatoire, plus excitante peut-être. Dans l'immédiat, elle avait besoin d'un verre. Elle s'installa à la terrasse du premier bistrot venu, en l'occurrence le bar de l'Hôtel des Cévennes où, tous les vendredis après-midi depuis le début de l'automne, Jean-Jacques et Mélanie s'envoyaient en l'air dans la chambre 24.

Birgit venait de tremper les lèvres dans son vin lorsqu'elle vit Jean-Jacques descendre des étages, son bras autour de la taille d'une fille exceptionnellement belle dont il aurait pu être le père. Leur attitude à la fois lascive et satisfaite ne laissait aucun doute quant à la nature peu filiale de leur relation. Estomaquée, anesthésiée, bouleversée, Birgit laissa le muscadet couler le long de son triple menton. Dans son émotion, Jean-Jacques, lui, rata une marche et il aurait dévalé tout l'escalier, cul par-dessus tête, métaphore d'une dégringolade annoncée, si Mélanie ne l'avait retenu d'une main ferme.

— Ce n'est pas ce que tu crois ! lança-t-il sottement à Birgit.

— On s'expliquera ce soir à la maison, répondit-elle en jetant trois euros sur le marbre du guéridon, où ils tintèrent comme un glas.

Sonné, Jean-Jacques se laissa guider par sa jeune maîtresse jusqu'à une table où un double cognac lui fut aussitôt servi. « Putain ! » répétait-il, incapable de penser ou de formuler une phrase cohérente. Mélanie lui fit observer qu'à toute chose malheur est bon : c'était l'occasion ou jamais d'annoncer à Birgit qu'il la quittait, révélation qu'il retardait, sous de mauvais prétextes, depuis trop longtemps.

— Ouais, ouais, ânonna-t-il finalement. T'as raison. Comme ça les choses seront claires.

— Voilà, dit-elle.

Mais le beau Viking, ce jour-là, n'avait pas seulement raté une marche, il était tombé de son piédestal. Pour la première fois depuis le début de leur liaison, Mélanie découvrit Jean-Jacques tel qu'il était : un quinquagénaire pathétique, un faux dur, un fils de bourgeois dévoyé qui avait trouvé dans sa marginalité une excuse commode à sa paresse, à son absence complète d'ambition, à son addiction.

— Y m'faut un tarpé ! bredouilla-t-il.

Les yeux de la jeune femme s'en trouvèrent dessillés, ainsi qu'il est dit dans les Écritures. Elle prit enfin conscience que son amant était confit dans la résine de cannabis comme le canard dans sa graisse, incapable de courage ou d'initiative. Dire que cette épave aurait pu être le père de mon enfant ! songea-t-elle avec un effroi rétrospectif. Jean-Jacques, entre-temps, s'en était roulé un maousse, qu'il alluma d'une main incertaine et fuma goulûment.

— Je vais lui parler, annonça-t-il en inhalant une ultime et euphorisante bouffée. La quitter. Mais en douceur, tu vois. Je n'ai rien à lui reprocher, en fin de compte.

— Non, rien, répéta Mélanie.

Elle décida d'attendre qu'il ait réglé ses problèmes avec sa future ancienne concubine avant de lui annoncer qu'entre eux aussi, c'était terminé. Son amant n'était plus tout jeune, il convenait de le ménager lui aussi.

Jean-Jacques dut griller deux bédos supplémentaires pour trouver la force d'affronter la baleine des fjords, ainsi qu'il trouvait plaisant de surnommer sa compagne. Il faisait nuit noire lorsqu'il gara la camionnette derrière la Toyota de Birgit.

Elle l'attendait, impavide et légèrement ivre, vêtue d'une ample tunique indienne, ses longs cheveux gris rassemblés en un chignon branlant. Elle lui parut soudain très belle, nettement plus en chair qu'autrefois, certes, elle avait pris plus de cinquante kilos depuis leur première rencontre, mais toujours désirable pourvu que l'on fût dans l'état d'esprit qui convenait. Jean-Jacques sentit même son membre frétiller, mais Birgit doucha sa libido en demandant :

— Tu es capable d'avoir un conversation normal, Jiji, ou tu es trop défoncé ?

— Ça te va bien de demander ça ! Tu t'es vue ? T'es à moitié bourrée !

— Je veux savoir, coupa Birgit. C'est qui, cette fille ?

— Une erreur. Un coup de sang, comme on dit. À mon âge, ça arrive. Elle ne compte pas.

En arrivant, il était prêt à rompre, à lui faire part de ses projets d'avenir mais, sitôt passé le seuil de la maison, sa détermination s'était évaporée. Il se sentait devant Birgit comme un gamin fautif devant sa mère. Cette révélation freudienne le frappa comme une évidence : Birgit se comportait, s'était toujours comportée avec lui en mère plus qu'en amante. Ce diminutif ridicule pour commencer.

— Tu te fous de moi, Jiji ! J'ai eu le temps de mener mon petite enquête à Gardaillègues ! Il y a des mois que ça dure, vos saloperies ! Et moi, je croyais que tu avais ces réunions politiques et que tu dormais chez Antoine ! Quelle carafe !

— Cruche, corrigea machinalement Jean-Jacques. Cruche.

— Tu vois, ce qui me peine, c'est pas que tu as couché avec cette fille, elle est très jolie, je peux comprendre…

— Ah ! Tu vois ! Même toi…

— Ce qui me fait chier, Jiji, c'est toutes les mensonges que tu m'as dites ! Ça, je pardonne pas, les mensonges.

— Écoute, Birgit…

— Non, j'écoute pas. C'est toi qui ouvres tes esgourdes !

Chez quel auteur a-t-elle été pêcher ce mot ? se demanda Jean-Jacques, sincèrement surpris. Simonin ? Le Breton ? Elle poursuivit :

— J'ai un question à te poser, Jiji : qui c'est qui a payé le maison, les travaux, ton camionnette, les vacances, tes lunettes, ton dentiste, tes cotisations aux Défenseurs de la Terre, tes foutues amendes ? Et j'en oublie.

— C'est toi, concéda-t-il.

— Qui c'est qui paie ton pinard, tes fringues, la viande que tu manges ?

— Toi, en général.

— Avec quel argent ?

— Le tien.

— Eh bien tout ça, c'est fini, Jiji. La robinette à pognon, elle est fermée !

— Birgit ! Arrête de me traiter comme un gosse ! On dirait que tu me prives d'argent de poche parce que j'ai fait une bêtise. C'est nul !

— Je te prive pas, dit-elle. C'est comme ça. La robinette elle coule plus parce qu'y a plus d'argent. Il m'avait prévenue, le bonhomme du Crédit agricole : « Si vous continuez à entamer votre capital comme ça, madame Olufsen, bientôt, il restera rien. » Eh ben on y est !

— Enfoirés de banquiers ! lança Jean-Jacques, par réflexe.

— Moi, j'ai voulu qu'on se fasse plaisir avec l'argent que mon père m'a laissé. C'était du bon temps. Je regrette rien. Mais maintenant, c'est fini.

— Ouais, c'était cool, risqua Jean-Jacques, qui croyait avoir perçu, dans l'usage du « on », un début de retour en grâce.

De retour en grasse ! pouffa-t-il in petto, car il était encore sérieusement défoncé.

— Et toi, glapit alors Birgit en pointant vers lui un index boudiné et accusateur, pour me remercier, tu couches avec cette fille !

— Ça n'a rien à voir !

— C'est pas la première, je sais ! Il y en a eu d'autres. Mais moi, je suis bonne bête, je regarde ailleurs et je pardonne. Je pose pas les questions comme les autres femmes : « Où tu étais, d'où tu viens ? »...

— De ce côté-là, je reconnais que tu m'as accordé une grande liberté...

— Ce qui m'a mise la plus en colère, Jiji, c'est que tu as été raconter dans tous les bistrots du pays que vous allez avoir un enfant, cette fille et toi ! C'est vrai ?

— Mais non ! Jamais de la vie ! C'est elle qui s'est foutu ça dans la tête ! Tu connais les femmes. Surtout les jeunes. Moi, tu sais, les enfants…

— Oui, je sais, dit-elle.

Quand elle avait compris que jamais elle ne pourrait en porter un, Birgit avait envisagé l'adoption. Elle en avait parlé à Jean-Jacques, qui avait répondu « Oui, peut-être, si ça te fait plaisir… » avec un tel manque de conviction qu'elle avait vite laissé tomber. Pour adopter aussi, il faut être deux. Elle se resservit un verre et le but lentement avant de déclarer :

— Voilà ce que j'ai décidé. Cette maison va devenir une maison d'hôtes.

— Ça, c'est une excellente idée, Birgit !

— Ça veut dire on laisse notre chambre aux clients, elle a la plus belle vue.

— Normal.

— Il y a la chambre d'amis et les trois autres sous le toit, ça fait cinq au total. Tu débarrasseras ta bordel de la pièce du rez-de-chaussée, c'est là que je vais m'installer.

— C'est petit, non ?

— Pour moi, c'est bon. Moi toute seule, je veux dire.

— Birgit, on pourrait peut-être…

— T'as quarante-huit heures, Jiji.

— Birgit…

— La camionnette, tu la laisses ici. De toute façon le carte grise, il est à mon nom.

Jean-Jacques tenta de l'amadouer. Puis il essaya les menaces, les supplications. Elle demeura inflexible.

— C'est pas la fin du monde, conclut-elle devant sa mine déconfite. T'as qu'à aller vivre chez ta copine.

— C’est que… elle habite encore chez ses parents, confessa-t-il avec une pointe d’embarras.

Birgit vida dans son verre ce qui restait de la bouteille.

— Ça, c’est une vraie problème, énonça-t-elle d’un ton posé. Une soir que tu étais à tes soi-disant réunions, j’ai vu une reportage là-dessus à la télé : ils arrivent pas à louer les jeunes. Tu sais pourquoi ?

— N-Non.

— Pour louer, il faut des fiches de paie et puis aussi verser plusieurs mois d’avance. Mais ça suffit pas ! Ils veulent encore la caution de ta banque ou celle d’une personne riche.

— C’est dégueulasse.

— T’as pas de fiches de paie, Jiji. Et si tu demandes une caution à la banque, je pense qu’ils vont rire très fort.

Jean-Jacques resta coi. Ses facultés intellectuelles avaient beau être émoussées, il percevait, derrière les propos de Birgit, une certaine malignité. Elle poursuivit sur le même ton :

— Ce qui est ballot, c’est que pour obtenir un RSA, tu as besoin d’une adresse… Je préfère t’avertir tout de suite : s’il arrive du courrier pour toi ici, j’allumerai le feu avec.

— Birgit !

— C’est quel âge que tu as, déjà ?

— Cinquante-trois, répondit-il machinalement.

— Dans une quinzaine d’années, tu seras vieux, Jiji. Probablement malade. Mais tu seras toujours obligé de travailler parce que t’auras pas de retraite. La problème, c’est que t’auras pas le travail non plus ! Déjà, tu sais pas faire grand-chose, et puis aujourd’hui, les papys, plus personne en veut ! Même pour balayer.

— Salope ! murmura Jean-Jacques, désemparé.

Elle leva son verre, impériale.

— À ta santé, Jiji ! À ta nouvelle vie !

Quarante-sept heures plus tard, Jean-Jacques quittait la Rouveyre avec ses maigres possessions. Ses ruches restaient sur place, il aurait pu être dommageable de les déplacer avant la fin de la saison. Idem pour ses plants de cannabis. À Antoine, venu le chercher avec sa vieille R5, il expliqua que Birgit et lui avaient décidé de prendre un peu de recul, de se donner le temps de la réflexion.

— C'est à cause de Mélanie ? osa demander Antoine.

— On ne peut rien te cacher.

— Tu dois choisir entre les deux ?

— C'est plus ou moins ça.

Depuis toujours, les seins et la croupe considérables de Birgit faisaient fantasmer Antoine. Mélanie était certes plus jeune, plus svelte, plus désirable. Qu'importe. Antoine avait la triste certitude que jamais il n'aurait à choisir entre deux femmes.

— Au fait ? Ta camionnette ?

— En panne, se hâta de répondre Jean-Jacques.

Il était vraiment trop humiliant de révéler que Birgit l'avait délibérément, cruellement, privé de son véhicule. Antoine lui proposa aussitôt l'hospitalité dans son mobil-home. Jean-Jacques déclina poliment l'invitation, il avait d'autres projets, des amis qui l'attendaient. Le fait est qu'il n'avait pas la moindre envie de faire ses besoins comme un chat, dans une caisse remplie de sciure, et qu'il détestait le camping.

Jean-Jacques se fit déposer chez Bernard Moraud, l'instituteur du village, un sympathisant de la cause écologiste qui hébergeait volontiers les militants de passage.

— Je me suis un peu embrouillé avec Birgit, lui déclara Jean-Jacques. Rien de méchant, un petit coup de canif dans le contrat, comme on dit, mais il y a des fois, vaut mieux s'éloigner un moment et faire profil bas. Tu sais comme les femmes peuvent être chiantes, dans ces cas-là…

— À propos, je te présente la mienne, répondit Bernard.

Mireille était à la veille d'accoucher, et l'intrusion d'un apiculteur en détresse n'était manifestement pas de son goût. Elle entraîna son compagnon à l'écart pour un long conciliabule chuchoté au terme duquel Bernard, très mal à l'aise, invita Jean-Jacques à ne pas s'éterniser et à se montrer aussi discret que possible.

— Elle est plus accueillante d'habitude, s'excusa-t-il en conduisant son hôte à sa chambre. Mais dans son état. Les hormones…

— C'est pour quand, le bébé ?

— Une semaine ou deux…

— Fille ou garçon ? Vous savez déjà ?

— Garçon.

— Toutes mes félicitations. Et qu'elle ne se bile pas, ta gonzesse ! C'est l'affaire d'une nuit ou deux, promit Jean-Jacques.

Dix jours plus tard, Mireille n'avait toujours pas accouché et Jean-Jacques, en proie à une dépression abyssale, ne quittait la chambre d'amis que pour noyer son chagrin au Café du Siècle, où il avait une ardoise.

En effet, lorsqu'il était venu triomphalement annoncer à Mélanie qu'il avait enfin quitté sa vieille compagne et qu'un avenir radieux s'ouvrait désormais devant eux, elle lui avait fait part de sa décision de rompre. Comme il refusait de comprendre, elle lui avait alors mis les points sur les « i » avec la cruauté inconsciente de la jeunesse, arguant qu'elle avait besoin d'un soutien et non d'un assisté, d'un père responsable pour son éventuel enfant, pas d'un marginal drogué et, de surcroît, fauché.

Deux ruptures dans la même semaine, c'était beaucoup, même pour une forte nature comme celle de Jean-Jacques Pouchardon. Il s'effondra, pleurant sur son malheur dans les estaminets où, quelques semaines plus tôt, on arrosait sa paternité prochaine. Sale, aigri, dépenaillé, Jean-Jacques regagnait chaque nuit en titubant le domicile des Moraud. Il vomissait avec plus ou moins de précision dans la cuvette des W.-C. avant de s'en aller ronfler. Bernard nettoyait fébrilement les dégâts derrière lui dans l'espoir de calmer Mireille, qui le harcelait pour qu'il se décide enfin à foutre à la porte ce has-been, ce sac à vin, cette épave.

— Il a perdu les deux femmes qu'il aimait, plaidait Bernard. C'est pas facile, pour lui.

— Et pour moi, tu crois que c'est facile ? Depuis qu'il squatte ici, j'ai l'impression de gérer un foyer de l'Armée du salut. Et puis, je vais te dire : s'il n'avait pas trompé sa nana, ton copain, il en serait pas là !

— C'est pas vraiment mon copain…

— Alors ça devrait pas être trop difficile de lui demander de partir ?

Bernard profita d'un bref instant de lucidité de son hôte pour le prier d'aller s'épancher ailleurs. Jean-Jacques versa alors des larmes de crocodile, s'accusant d'être un boulet, un rebut de la société, un moins-que-rien. Ce touchant mea culpa fut interrompu par Mireille qui annonça qu'elle venait de perdre les eaux. Lorsque Bernard aurait fini de consoler le parasite, peut-être trouverait-il le temps de la conduire à la maternité ?

De retour de la clinique où sa femme avait souffert une douzaine d'heures pour mettre au monde un gros garçon, Bernard découvrit Jean-Jacques vautré devant la télé, une bouteille de blanc à portée de la main.

— Ta nana, elle va bien y rester trois ou quatre jours, à l'hosto ? Je n'ai pas besoin de m'en aller tout de suite ?

Porté par une sainte et soudaine colère, Bernard expulsa brutalement son squatter.

Jean-Jacques parvint encore à abuser de l'hospitalité de deux ou trois copains, mais là aussi, on lui fit comprendre que c'était temporaire. Il savait qu'à moins d'un miracle, ce qui l'attendait au bout de la route, c'était une couchette étroite et dure dans la caravane d'Antoine. Au moins y serait-il à l'abri de la pluie.

Il tenta de regagner le cœur de Birgit, mais se heurta à un mur. Elle l'avait chassé de sa vie une fois pour toutes et n'était pas le genre de femme à revenir sur ses décisions. Quant à la cruelle Mélanie, elle s'affichait désormais avec Ahmed, un beur hâbleur et bosseur qui vendait des épices sur les marchés.

Oubliant qu'il était parti en insultant tout le monde et n'avait pas donné de nouvelles depuis vingt ans, Jean-Jacques tenta de renouer avec sa famille. Il avait concocté une touchante histoire à propos de sa fidèle compagne, emportée sous ses yeux par le crabe. Ce serait bien le diable si, entre un frère chef d'entreprise, une sœur médecin et une autre productrice dans l'audiovisuel, personne ne lui tendait une main secourable. C'est pourtant ce qui se produisit. On lui ferma la porte au nez et des épithètes désagréables lui furent lancées. Lorsque Jean-Jacques, blessé, évoqua la part d'héritage dont il avait sans doute été spolié, son frère lui mit les comptes sous le nez : leur père était mort ruiné et les trois enfants solvables avaient entretenu leur mère jusqu'à son récent décès. C'eût été à Jean-Jacques de rembourser ce qu'ils avaient payé à sa place. Au temps pour eux qui devaient périr « étouffés par leur sale fric », conclut son frère en le citant.

— J'étais jeune. Les mots ont dépassé ma pensée, s'excusa Jean-Jacques.

Son frère lui assura toutefois que l'on assumerait le coût de ses obsèques et qu'il aurait sa place dans le caveau familial, leur mère y tenait, en dépit du chagrin qu'il lui avait causé.

— Pourquoi tu me parles de ça? s'étonna Jean-Jacques. Je suis sans domicile, mais je me porte très bien.

— Les drogués ont une espérance de vie limitée, répliqua son aîné. C'est scientifiquement prouvé.

Antoine accueillit donc Jean-Jacques avec la tranquille certitude des moines hospitaliers qui savent que, tôt ou tard, le pécheur viendra frapper à la porte du couvent. Il dégagea, dans sa caravane, un petit espace pour que son hôte pût y ranger ses affaires. Sur la couchette libre, il tendit des draps élimés, mais propres.

Les deux hommes s'installèrent dès lors dans une routine qui n'était pas sans rappeler celle d'un couple : Antoine faisait les courses, la cuisine, le ménage, la vaisselle et soignait son potager tandis que Jean-Jacques roulait des pétards, broyait du noir et maudissait les femmes, jugées responsables de sa déchéance. Antoine approuvait mollement, car son expérience, en la matière, était limitée. Il n'avait jamais eu affaire qu'à des professionnelles.

# 3

La nuit était tombée. Les lampes solaires qui balisaient le terrain brillaient aussi faiblement que des lucioles. Antoine alluma quelques bougies et apporta de nouvelles bières. Jean-Jacques avait désormais l'esprit assez clair pour tenter une synthèse et éclaircir quelques points obscurs.

— Si j'ai bien compris, l'idée, c'est de sortir Dastry *bis* des Cyprès et de l'emmener en Suisse…

— Oui. À Genève. C'est là qu'elle est, la banque.

— D'accord. On lui rase la moustache, on lui colle une perruque, on le déguise en P-DG, on le fait passer pour son frère Thibault et les banquiers lui remettent tout le fric qu'il réclame.

— Après qu'il ait signé.

— Faut compter quoi, pour qu'il arrive à imiter la signature de son frère ? Des jours, des semaines ? s'enquit Jean-Jacques.

— Moi, je dis deux jours s'il se met sérieusement au boulot. Peut-être moins, assura Canard. Franchement, il est doué.

— Bon, reprit Jean-Jacques. Au bout de combien de temps ils vont s'apercevoir qu'il leur manque un débile, aux Cyprès ? Une heure, deux ?

— Un peu plus si on le fait évader la nuit. Mais c'est pas un problème.

— Ah bon ? Ils ont un gogol dans la nature, et ce n'est pas un problème ?

— Non. Parce que c'est déjà arrivé.

— Tu veux dire qu'il est déjà allé en Suisse chercher du fric ?!

— Non, je veux dire que Julien, plusieurs fois, il a fait des fugues. Mais il va jamais très loin, on le retrouve facilement. Mme Favraud, la directrice, elle en a jamais parlé à Thibault Dastry. Tu vois le manque à gagner, des fois qu'il se foute en rogne et décide de le changer de crémerie ! Alors, à mon avis, elle attendra bien vingt-quatre heures avant de s'affoler. Ça nous laisse le temps d'aller chercher le pognon et de disparaître.

— Admettons. Mais une fois à la banque, tu crois qu'on va lui filer, comme ça, un ou deux millions d'euros ?

— Ben oui, pourquoi pas ? C'est censé être son fric, non ?

— À la Caisse d'épargne où j'ai mon compte, faut prévenir des jours à l'avance si tu veux retirer plus de cinq mille boules.

— Dans les banques suisses, c'est pas des tarlouzes comme ici ! affirma Antoine. Je me suis renseigné, les coffres sont toujours pleins. Deux ou trois millions d'euros en liquide, pour eux, c'est que dalle !

— Admettons encore.

— Si jamais ils posent des questions, on pourra toujours dire que c'est pour financer une campagne électorale, suggéra finement Antoine.

Canard ricana, mais Jean-Jacques le coupa :

— On en dira le moins possible. Des mecs comme Thibault Dastry, ils n'expliquent pas, ils n'entrent pas dans les détails. Ils se contentent de claquer des doigts et tout le monde obéit.

— Tu vois ! dit Antoine en se tournant vers Canard. Ces détails-là, ça s'invente pas. C'est pour ça qu'on a décidé de te prendre comme associé, déclara-t-il à Jean-Jacques. Parce que t'es pas comme nous, toi ! Tu viens pas du même monde. Tu connais les usages et les bonnes manières. Tu te feras passer pour le secrétaire à Mr Dastry…

— Secrétaire, c'est ringard. On dit assistant.

— Ça non plus, on l'aurait pas trouvé ! lança encore Antoine à Canard.

Il se tourna vers Jean-Jacques, un sourire heureux sous sa moustache de rat :

— Sapé en costard, avec les cheveux courts et des lunettes, tu seras super crédible !

— Ouais, ça devrait le faire, admit Canard.

— Ne vous emballez pas, les mecs. Je n'ai pas encore dit que je marchais !

— C'est le coup du siècle ! répéta Antoine. T'façon, même si ça tournait mal, on risque quasiment rien, comparé à un braquage. Pas de violence, pas d'armes…

Jean-Jacques exigea un délai de réflexion. Les millions suisses de Thibault Dastry commençaient à le faire rêver, mais le coup paraissait un peu trop facile pour être vrai et puis, il s'agissait tout de même de basculer dans la délinquance, la vraie. Il convenait donc de peser soigneusement le pour et le contre. Le sacrifice de ses locks entrait dans la seconde catégorie, le style de ses deux complices également.

*

Jean-Jacques estima qu'un repérage s'imposait. Le lendemain, il se fit conduire par Antoine aux abords des Cyprès, une belle propriété du XVIIIe, agrandie au XIXe. Le parc qui l'entourait était entretenu par une équipe de jardiniers, les pelouses aussi nettes, aussi vertes que celles d'un golf. À travers les grilles du portail, il aperçut des patients qui déambulaient, certains accompagnés d'une infirmière, d'autres d'un livre. Ils n'avaient pas l'air fous, ni même dérangés. L'ambiance était paisible et sereine.

Ils virent une ambulance se présenter à l'entrée : un gardien émergea de sa guérite, salua le conducteur et griffonna dans un registre avant de lever la barrière. C'est seulement à cet instant que Jean-Jacques repéra les caméras de surveillance : il y en avait une tous les trente mètres sur le mur d'enceinte, plus deux pour surveiller l'entrée. Sans compter celles qui devaient se trouver à l'intérieur des bâtiments.

— Putain ! Ça commence mal ! déclara-t-il.

— Canard a certainement pensé au problème, affirma Antoine.

— S'il y a pensé, pourquoi il n'en a pas parlé ?

— On est pas encore entrés dans les détails, Jean-Jacques. L'autre soir, c'était, comme qui dirait, une présentation.

Interpellé sur la question au rendez-vous suivant, Canard resta muet.

— Je ne comprends pas, insista Jean-Jacques. Comment tu comptais t'y prendre pour ne pas être filmé ?

Canard n'en savait rien, il avait tout bonnement mis le problème de côté. Jean-Jacques soupira : c'était typique des jeunes d'aujourd'hui, ils étaient inconséquents, pour ne pas dire écervelés. Il allait devoir prendre les choses en main sous peine d'aller dans le mur.

— Si tu vas chercher Dastry dans sa chambre, personne croira à une fugue ! expliqua-t-il.

— Je serai déguisé en infirmier.

— Même avec une blouse blanche, t'es assez reconnaissable. Ils sauront que t'es dans le coup et ils vont tout de suite avertir les gendarmes.

Canard parut déstabilisé.

— Y a qu'à les saboter, ces foutues caméras, proposa Antoine.

— Yaka, yaka, yaka ! On s'y prend comment d'après toi ?

— Ben… Dans un film que j'ai vu, ils bombaient les objectifs à la peinture blanche.

— Ça en fait un paquet à bomber ! ronchonna Jean-Jacques. Et certaines sont à plus de trois mètres de hauteur. Même avec une échelle, on en aurait pour des heures.

— Et si je portais une cagoule ? suggéra Canard, qui suivait son idée.

— Oublie. Ça pourrait faire peur au débile.

— Juste…

Les trois hommes s'absorbèrent alors dans une méditation houblonnée au terme de laquelle Jean-Jacques déclara que le mieux serait de couper le jus, le temps que Canard aille chercher Julien Dastry dans sa chambre et l'en fasse sortir.

— Ce qui serait pratique, c'est que les plombs sautent avec un orage, dit Antoine.

— T'as qu'à téléphoner à Météo-France pour en commander un ! s'agaça Jean-Jacques.

— On peut faire ça ?

— T'es con ou quoi ?

Antoine crut bon de préciser qu'il avait voulu faire un trait d'humour.

— L'armoire électrique, elle est accessible ? demanda Jean-Jacques.

— Ouais. Faut une clé spéciale pour l'ouvrir, mais je sais où ils la planquent, dit Canard.

— Bon. Tu repères le circuit qui correspond aux caméras et tu vérifies qu'on peut enlever le fusible sans déclencher une alarme.

— Facile.

— Voilà un problème résolu.

— Cool, dit Canard.

— Attends ! Ce n'est pas tout. Tu peux faire un petit film avec ton téléphone ?

— Ben ouais, comme tout le monde.

— Tu vas me filmer Julien Dastry. Je veux voir comment il bouge, l'entendre parler.

— Je t'ai dit qu'il était OK, s'indigna Canard. T'as pas confiance ?

— Je ne m'engage jamais sans avoir tout vérifié. Dans les moindres détails. Je suis comme ça, moi ! assura Jean-Jacques qui, de sa vie, n'avait jamais exercé la moindre responsabilité professionnelle.

Trois jours plus tard, Canard les invita à visionner son travail. Sur l'écran graisseux de son portable, l'image surexposée tressautait. Filmé dehors, en un plan américain approximatif, le jumeau de Thibault Dastry portait sa chemise à carreaux. Il souriait vaguement à l'objectif ; une brise légère agitait les rares cheveux qui lui restaient.

— Ça va, Julien ? demandait la voix de Canard.

— Ça va. Oui.

Suivait un long silence.

— T'en as une belle chemise, reprenait Canard.

— Ma chemise ?… Oui, c'est ma préférée.

— Tu aimes les chemises à carreaux, on dirait ?

— Les carreaux ? Oui, j'aime bien les chemises à carreaux. Celle-là, c'est ma préférée.

Le bout d'essai s'arrêtait là.

— Tu vois, dit Canard à Jean-Jacques en récupérant son téléphone, il cause normalement.

— Je ne trouve pas. Il ânonne.

— Il quoi ?

— Il parle bêtement.

— Le dialogue aide pas, fit judicieusement remarquer Antoine.

— T'es marrant, toi ! Je savais pas quoi dire, se défendit Canard, blessé dans ses susceptibilités d'auteur.

— À la banque, il faudra vraiment qu'il se contente de « bonjour » et « merci », observa Jean-Jacques, soucieux. Sinon, ils vont se douter de quelque chose.

Il souleva ensuite un point crucial : celui du fric.

— Qu'est-ce que tu veux dire, le fric ?

— Celui qui est nécessaire pour préparer le coup. Je ne sais pas si vous vous rendez compte, les mecs, mais il va falloir trouver une bagnole qui en jette, s'habiller comme des bourges, payer une chambre d'hôtel, manger…

Antoine et Canard échangèrent des regards embarrassés. Dans leur enthousiasme, ils avaient négligé cet aspect de la question.

— La caisse, y a qu'à la piquer ! grommela Canard.

— Il faut une grosse bagnole, genre limousine, on est d'accord là-dessus ? Un patron du CAC 40, ça ne roule pas en Twingo.

— Évidemment.

— Vous êtes capables de piquer une caisse de luxe, vous ? Avec tous les systèmes d'alarme qu'il y a aujourd'hui ?

— Ben…

— Les plus chères sont suivies en permanence par des satellites, vous le saviez ça ?

— Ben…

— On pourrait essayer le *carjacking* ?

— Ça ne s'improvise pas. Et même si on y arrivait, la bagnole serait tout de suite recherchée. C'est une connerie à se faire poisser avant même d'arriver à Genève !

— J'y avais pas pensé, admit Canard.

— C'est bien le problème, constata Jean-Jacques. Tu te la pètes avec ton super coup, mais dans le fond, tu n'as pas pensé à grand-chose.

Canard ressentit cette réflexion comme un camouflet. Une forte envie de coller un pain à Jean-Jacques le chatouilla. Antoine, qui savait son pote susceptible, posa sur son biceps tatoué une main apaisante. Il commençait tout de même à se demander s'il ne s'était pas enflammé un peu vite pour un plan foireux. Un silence tendu s'installa entre les trois associés. Jean-Jacques triomphait intérieurement, content d'avoir semé la zizanie, d'avoir remis le lémurien à la place qui lui revenait, celle d'un subalterne. Il était certain, désormais, d'avoir assis son pouvoir.

— Normalement, avança Antoine, çui qui apporte le coup, il s'occupe pas du financement.

— Où t'as vu ça, toi ?

— Ben dans des polars que j'ai lus...

— On n'est pas dans un putain de bouquin ! Revenez sur terre, les mecs ! On a besoin de fric et on n'en a pas. On fait quoi ?

— Je vois que Rachid, reprit Antoine après un temps.

— Rachid ?

— L'épicier.

— Tu crois qu'il nous prêterait combien ?

Antoine toussota.

— Pas pour lui emprunter du fric. Pour lui en piquer. Sa boutique reste ouverte tard, le soir. Rachid est pas jeune, ce serait facile…

— T'irais braquer le seul commerçant du village qui accepte de te faire crédit ? lança Jean-Jacques. T'es con ou quoi ? De toute façon tu n'as pas les couilles ! Et tu n'as pas le flingue non plus, j'imagine ?

Antoine baissa la tête comme un gamin morigéné par son père. Suivit un nouveau silence. Le problème paraissait insoluble. Jean-Jacques croyait savoir qu'à Marseille, on pouvait trouver des fonds pour le type d'opération qu'ils envisageaient. Mais il fallait connaître les bonnes personnes, sans compter que les taux d'intérêt devaient être exorbitants. Il se voyait mal arpenter la Canebière ou le Vieux Port à la recherche d'un investisseur potentiel... Extorquer de l'argent à ses frères et sœurs aurait été jouissif, mais à moins de faire croire à son décès, ce qui paraissait compliqué à mettre en œuvre, il n'en tirerait pas un cent.

— Il y aurait peut-être le Dr Cambouilhaud, murmura alors Canard.

— C'est qui, ça ?

— Un des psys qui travaillent aux Cyprès. Un jeune. Pété de thunes. Il roule en Porsche.

— C'est quoi l'idée ? On met des cagoules, on l'attend sur une petite route discrète et on lui fait les poches ? C'est aussi débile que de braquer l'épicier !

— Tu m'as pas laissé finir, protesta Canard. Le Dr Cambouilhaud, il joue au poker. Et il gagne un max à ce que j'ai entendu raconter.

— Moi, je vous préviens, je sais pas jouer au poker, s'inquiéta Antoine.

— Attends ! C'est pas ce que je voulais dire ! reprit Canard.

— Alors c'est quoi ?

Jean-Jacques se délectait secrètement de la balourdise de ses associés. Si, par extraordinaire, ils réussissaient leur coup, il n'aurait aucun mal à les gruger.

— Les joueurs, ils aiment pas trop mettre leur fric à la banque, assura Canard. Ils préfèrent le garder chez eux. Alors quand le docteur sera occupé à la clinique, moi je vous préviens et vous allez fouiller son appart' !

— Un cambriolage, ça ne me plaît pas trop…

— Je pourrais peut-être arriver à prendre une empreinte de ses clés.

— Là, c'est le « peut-être » qui ne me plaît pas.

— C'est toujours moins risqué qu'un braquage, fit observer Antoine.

— Attendez, attendez, dit soudain Jean-Jacques. Il y a peut-être mieux à faire. Laissez-moi réfléchir…

Un plan astucieux prenait forme dans son esprit. Désaccoutumé de penser, il en fut le premier surpris.

# 4

José était coiffeur à Cussingeac depuis plus de vingt ans. Sa clientèle était fidèle, son commerce tournait gentiment. Sans l'incurable sottise de ses shampouineuses, il eût été un artisan serein. Voir entrer dans sa boutique, à la fin du jour, l'escogriffe qui vendait son miel au marché fut une surprise ; mais José, en commerçant avisé, ne laissa rien paraître de son étonnement et l'accueillit courtoisement.

— J'ai décidé de changer de look, déclara Jean-Jacques en se laissant choir dans un fauteuil. On coupe les locks, on rase la barbe !

Je fais pas dans le toilettage ! fut tenté de répondre José, inquiet à l'idée que la tignasse de cette espèce de rasta blond grouillât de vermine.

Au lieu de quoi, il assura à son client qu'il ne regretterait pas de s'être confié à ses mains expertes. Il choisit une paire de ciseaux capables de tondre la laine d'un mérinos et se mit au travail. Perturbé par le crissement des lames, Jean-Jacques tenta de se remémorer les exercices respiratoires qu'il enseignait, jadis, dans ses stages de méditation zen. Il ferma les yeux.

Lorsqu'il les rouvrit, il eut peine à reconnaître le type qui le regardait dans le miroir. Il ressemblait à son grand frère, le chef d'entreprise, autant que Dastry à son jumeau.

— Putain ! déclara-t-il après un interminable silence.

Il tendit au coiffeur le billet de vingt froissé qu'Antoine lui avait donné.

— Avec la barbe, ça fait vingt-cinq, monsieur.

— Désolé, mon vieux, je n'ai que ça.

— Vous m'apporterez cinq euros à l'occasion, grinça le figaro, secrètement soulagé de ne s'être fait ni braquer ni tabasser.

— Compte là-dessus, répondit Jean-Jacques en quittant la boutique.

Maussade, José entreprit de balayer les poils et les cheveux répandus au pied du fauteuil. Il y en avait assez pour garnir les coussins du canapé familial.

Antoine accueillit Jean-Jacques avec des exclamations de joie et de surprise : il était méconnaissable, il avait l'air d'un vrai bourge ! Comme quoi l'habit fait le moine, songea Jean-Jacques, encore perturbé de s'être découvert une ressemblance aussi criante avec son frère aîné et honni. Lorsqu'il enfila le costume gris perle déniché à l'antenne locale de la Croix-Rouge, chaussa des richelieus, et noua autour de son cou une cravate bordeaux, la métamorphose fut complète. Ces cons de banquiers s'y laisseraient prendre, ça ne faisait aucun doute pour Antoine, qui lui procura une serviette de cuir fatiguée, bourrée de vieux magazines, pour lui conférer le volume et le poids indispensables. Convié à venir admirer la métamorphose, Canard en crut à peine ses yeux : force était de reconnaître que leur associé avait pile-poil le profil qui convenait.

Jean-Jacques se rendit seul à Alès, où le Dr Jérôme Cambouilhaud donnait ses consultations privées les mardis et mercredis après-midi. Il avait mûri son plan et le trouvait, par conséquent, imparable. Se faisant passer pour un fonctionnaire du ministère des Finances, il laisserait entendre au psy que ses revenus illicites au poker avaient attiré l'attention du fisc et qu'une forte amende le menaçait. Le jeune médecin s'affolerait, Jean-Jacques lui ferait alors comprendre qu'il était prêt à enterrer le dossier, moyennant compensation.

Il poireauta stoïquement jusqu'au départ du dernier patient, répétant son rôle, ressassant les phrases qu'il avait préparées.

— Vous aviez rendez-vous, monsieur? s'enquit le psy, une note de reproche dans la voix.

— Non. Mais j'ai un problème.

— Qui n'en a pas, répondit le Dr Cambouilhaud en l'invitant, d'un geste résigné, à entrer dans son cabinet.

Jean-Jacques s'attendait à un petit binoclard barbu, un Sigmund Freud local qu'il n'aurait aucun mal à impressionner. Ce médecin aussi jeune et séduisant qu'un acteur de cinéma le déstabilisa.

Le psy, de son côté, jaugea le costume effrangé aux manches et poché aux genoux, les chaussures trop longtemps portées, le cartable d'un autre âge, la coupe de cheveux ratée. Une différence de pigmentation, au niveau des joues, indiquait que, récemment encore, le type portait une barbe touffue. Probablement un chômeur de longue durée qui vient de retrouver un emploi, songea le médecin. Il a perdu l'habitude du travail, des horaires, des contacts humains, il n'arrive pas à se réadapter. Classique.

Il désigna courtoisement un siège à Jean-Jacques, qui s'assit, sa grosse serviette sur les genoux, « Comme un rempart contre le monde extérieur ! » nota le psy sur son bloc. « Fragilité. Manque de confiance en soi. Un doigt de paranoïa, peut-être ? »

— Je vous écoute, monsieur…

— Voilà, commença Jean-Jacques, je suis employé au service des contributions directes…

— Vous êtes monsieur ? interrogea le psy, prêt à noter le nom qui lui serait donné.

— Euh… Canard, répondit Jean-Jacques, pris de court par la question. Jean-Jacques Canard.

Comment aurait-il pu deviner que le Dr Philippe Cambouilhaud était précisément l'objet d'un contrôle fiscal pointu, qu'il connaissait, peu ou prou, les visages de tous les employés de l'hôtel des impôts et que, si l'un d'entre eux s'était appelé Canard, il n'aurait pas manqué d'en rire.

— Je… Je viens d'être muté à Alès, ajouta Jean-Jacques pour faire bon poids.

Persuadé d'avoir affaire à un petit escroc, le médecin éprouva alors l'envie de se divertir un peu. Il coupa Jean-Jacques pour déclarer :

— Laissez-moi deviner, monsieur Canard : vous subissez, de la part de votre hiérarchie, une pression insupportable. Vous avez le sentiment que vos collègues se moquent de vous derrière votre dos, que certains vous haïssent et complotent dans le but de provoquer votre perte ? C'est bien ce que vous êtes venu me confier, n'est-ce pas ?

— Je… C'est-à-dire…

— Ici, vous pouvez ouvrir votre cœur, monsieur Canard. Vous pouvez vous défouler, pleurer, hurler si vous en éprouvez le besoin. Rien ne sortira de ce cabinet.

Dérouté par cette entrée en matière à laquelle il ne s'attendait pas, Jean-Jacques resta coi.

— Il ne doit pas être facile, à votre âge, et après tout ce que vous avez vécu, de courir les rues pour traquer les mauvais payeurs, les fraudeurs et les aigrefins, poursuivit le psy, alors que d'autres, moins méritants, restent calfeutrés dans leurs bureaux à se tourner les pouces, ou peu s'en faut !

— Euh… En effet, convint Jean-Jacques, incapable de reprendre le fil du discours qu'il avait pourtant répété.

— Nous vivons des temps difficiles, et le *struggle for life* est plus âpre que jamais ! Certains restent au bord du chemin et personne ne leur tend la main. C'est regrettable. Toutefois, je tiens à vous mettre en garde, monsieur Canard. Si vous êtes venu dans l'espoir d'obtenir de ma part une ordonnance de psychotropes, vous n'avez pas frappé à la bonne porte.

— Hein ? Mais pas du tout, je…

— Je crois fermement aux vieilles valeurs, voyez-vous : effort, persévérance, abnégation. Elles seules vous permettront de dépasser ce petit épisode dépressif.

— Je… Certainement, docteur, balbutia Jean-Jacques, vaincu. Merci.

— Trêve de conneries ! lança soudain le psy en tapant brusquement du plat de la main sur son bureau. Vous êtes employé du fisc comme je suis danseuse étoile au Bolchoï ! Qu'est-ce que vous êtes venu chercher ici ? Vous espériez me faire chanter, peut-être ? C'est ça ?

Jean-Jacques ne parvenait pas à comprendre ce qui l'avait trahi. Son costume ? Son attitude ? Il estima qu'au point où il en était, il ne perdait rien à confesser la vérité. L'autre apprécierait peut-être.

— D'accord. Je ne travaille pas pour les impôts. Mais je me suis laissé dire que vous étiez riche, et j'ai besoin d'argent.

— Vous n'êtes pas le seul dans votre cas, et je n'ai rien à vous donner. Foutez-moi le camp avant que j'appelle les flics !

— Attendez ! cria Jean-Jacques. J'ai une affaire à vous proposer.

— Vous ? Une affaire ? répéta le Dr Cambouilhaud, franchement caustique.

Il reniflait, sur son interlocuteur, le parfum tenace de la dèche.

— Dix pour cent de trois millions d'euros, sans risques et sans lever le petit doigt ! débita précipitamment Jean-Jacques. Pour une mise de fonds de trente mille.

Quand on a de l'argent, on n'en a jamais trop, et ces chiffres sonnèrent agréablement aux oreilles du psy. Toutefois, il songea que, pour faire main basse sur trois millions d'euros, il fallait casser une banque, un fourgon blindé ou, à la rigueur, une bijouterie. Dans les trois cas, il risquait d'y avoir mort d'homme.

— Laissez tomber, monsieur Canard. Ça ne m'intéresse pas.

— Je ne peux pas vous expliquer de quoi il s'agit, insista Jean-Jacques. Moins vous en saurez, mieux cela vaudra. Mais je peux vous jurer qu'il n'y aura ni armes ni violence. C'est un coup exceptionnel, unique.

— Trois millions d'euros sans armes et sans violence ?

— Peut-être même plus de trois millions…

— Écoutez, mon vieux, vous êtes entré chez moi sous une identité que je soupçonne d'être fausse, avec l'intention de me dépouiller. Maintenant que je vous ai démasqué, vous me proposez de participer à une affaire dont vous ne pouvez rien me dire. Avouez que j'ai de quoi être méfiant.

— C'est vrai, je reconnais. Mais je suis dos au mur, déclara Jean-Jacques. Je n'ai plus le choix. Ce coup, c'est mon dernier espoir. On m'a dit que vous étiez une bête au poker : une mise de fonds de trente mille euros qui peut vous en rapporter dix fois plus, ça ne devrait pas vous faire peur ?

Tout psy qu'il fût, le Dr Cambouilhaud n'était pas insensible à la flatterie, et l'autre avait maintenant d'indéniables accents de sincérité.

— Qu'est-ce qui me garantit que vous n'allez pas disparaître dans la nature avec mes trente mille euros ? demanda-t-il. Rien !

— C'est un souci, admit Jean-Jacques, qui reprenait espoir. Dans ce genre de situations, il faut se faire mutuellement confiance, on n'a pas le choix. Moi, par exemple, qu'est-ce qui me dit que vous n'allez pas téléphoner aux flics pour me balancer dès que j'aurai franchi le seuil de votre cabinet ?

Suivit un long silence pendant lequel les deux hommes s'observèrent, se jaugèrent. Puis, brusquement, le Dr Cambouilhaud tendit à Jean-Jacques, au-dessus du bureau, une main ferme et manucurée.

— Je suis peut-être encore plus cinglé que mes patients, dit-il en souriant, mais votre style à l'emporte-pièce me botte, monsieur Canard. OK. Je vais vous aider. Vous les avez, vos quinze mille euros.

— Euh… Trente mille. On a besoin de trente mille.

— C'est quinze mille ou rien.

— Alors vous ne toucherez que cent cinquante mille au lieu de trois cents. Logique, non ?

— Deux cent mille, monsieur Canard. Vous ne trouverez personne d'autre pour vous avancer autant d'argent et vous le savez aussi bien que moi.

— OK pour deux cents, consentit Jean-Jacques.

Les deux hommes échangèrent une nouvelle poignée de main, que le psy fit durer. Fixant Jean-Jacques droit dans les yeux, il déclara :

— Attention tout de même, mon vieux ! Je vous mets en garde : si vous essayez de me baiser, d'une façon ou d'une autre, je saurai vous retrouver. Je n'ai peut-être pas l'air, comme ça, mais je connais les gens qu'il faut. Et ça pourrait faire très, très mal.

Il bluffe, songea Jean-Jacques. C'est un joueur de poker, il sait y faire.

— Il n'y aura pas de problèmes ! Je n'ai qu'une parole et je suis réglo.

— C'est votre intérêt, monsieur Canard.

Après le départ de son visiteur, le Dr Cambouilhaud vérifia que l'entrevue avait été dûment enregistrée par la petite caméra dissimulée dans les rayons de la bibliothèque. Dans son métier, on était parfois appelé à rencontrer des individus dangereux, la précaution n'était pas superflue. Il data l'enregistrement, l'intitula « J.J. Canard » et le stocka sur un disque dur externe. Il ne croyait guère à ces deux cent mille euros qui, soi-disant, allaient lui tomber du ciel, sans armes et sans violence, mais l'idée de servir de banquier à des voyous l'excitait secrètement. Se frotter à la pègre l'avait toujours émoustillé. Il y voyait un amusant pied de nez aux protestants rigoristes et coincés qui composaient sa famille. Et auxquels il devait son aisance.

Canard, le seul, le vrai, l'unique Canard, prit très mal la nouvelle.

— Tu lui as promis deux cent mille ? Sans m'en parler ? hurla-t-il lorsque Jean-Jacques lui livra une version très expurgée de son entrevue avec le psy. Pour qui tu te prends ? Qui c'est qui a dit que t'étais le chef ?

— C'est vrai, ça ! risqua Antoine, fervent adversaire des pouvoirs absolus. Je m'excuse, mais t'exagères un peu !

Antoine se sentait exclu de cet affrontement entre mâles dominants et faisait son possible pour n'être pas complètement oublié. Canard était vraiment en rogne, les poings serrés à l'extrémité de ses longs bras, le sang à la tête, pratiquement l'écume aux lèvres.

— Calme-toi, mec, reprit Jean-Jacques d'un ton conciliant. Je lui ai promis deux cent mille. Ça ne veut pas dire qu'on va les lui donner… Tu me comprends ? ajouta-t-il avec un clin d'œil appuyé.

— Je me disais bien aussi ! commenta Antoine, rasséréné. On va l'entourlouper, le toubib.

— Combien qu'il va nous filer ? demanda Canard, déjà moins véhément.

— Dix mille, annonça Jean-Jacques.

Il avait résolu de s'en mettre cinq mille de côté, à titre de commission. C'est lui qui avait conçu le plan, lui qui était allé au charbon. Et ainsi qu'il l'avait découvert à ses dépens, on ne sait jamais de quoi demain sera fait.

Sans vouloir l'admettre, Canard était scié : les gens instruits l'intimidaient. Le Dr Cambouilhaud en particulier avec son aisance et ses airs de play-boy. Lui soutirer autant de pognon rien qu'à la tchatche, jamais il n'y serait parvenu. Fallait lui reconnaître ce mérite, au vieux Pouchardon, dans son genre, c'était une tronche.

Galvanisé par la perspective de ce gain inespéré, Antoine suggéra une petite célébration. Un gueuleton, par exemple.

— Pas question ! rétorqua Jean-Jacques. Pas prudent. À partir de maintenant, il ne faut pas qu'on nous voie ensemble tous les trois.

— Je comprends, Jean-Jacques. T'as raison. Excuse.

En réalité, Jean-Jacques tenait surtout à s'épargner l'humiliation de voir ses deux associés attablés dans un restaurant convenable, leurs casquettes vissées sur la tête, buvant goulûment l'eau du rince-doigts ou s'essuyant les doigts à la nappe. Soucieux, néanmoins, du moral de ceux qu'il considérait désormais comme « ses » hommes, il proposa de faire livrer des pizzas qu'ils accompagnèrent d'un côtes-du-rhône très correct déniché dans l'épicerie de Rachid.

# 5

En déclarant qu'il connaissait « les gens qu'il faut », le Dr Cambouilhaud n'avait pas bluffé. Francis Guetart n'avait pas jugé utile de figurer dans la rubrique « détectives » des *Pages jaunes*, il croyait plus au bouche-à-oreille. Ainsi, d'Alès à Montpellier, les barmen des boîtes de nuit, des cercles de jeu et des bars branchés vous glissaient son nom, voire sa carte, assurant que Guetart était un modèle de discrétion et d'efficacité. De fait, le psy avait eu l'occasion d'apprécier ses services. Lorsqu'il croisait d'anciens partenaires de poker auxquels il avait envoyé le détective réclamer son dû, ces derniers se hâtaient de changer de trottoir et s'appliquaient à regarder ailleurs.

L'œil clair, des cheveux bouclés couleur paille, Guetart cultivait une vague ressemblance avec le général Custer, qu'il prenait, dans son ignorance, pour le vainqueur de la bataille de Little Big Horn. Guetart était chaussé de santiags, il portait un lacet en guise de cravate et des costumes agrémentés de surpiqûres. Il se targuait d'être titulaire d'une maîtrise de droit et assurait avoir appartenu aux services spéciaux, évoquant à mots couverts des missions périlleuses en Afrique, en Afghanistan, en Ouzbékistan, quoique sur ce dernier point, le Dr Cambouilhaud le soupçonnât de broder un peu. Guetart avait un sens moral très élastique, de perpétuels besoins d'argent, et semblait toujours disponible.

— J'ai décidé d'un investissement à risque, lui déclara le médecin. J'aimerais que vous me gardiez un œil dessus.

Il fit visionner au détective son entrevue avec le dénommé Canard.

— Drôle d'oiseau, commenta Guetart, ce qui les fit sourire. Je le vois mal entreprendre un casse ou un braquage…

— Qu'est-ce qui vous fait dire ça ?

— Question de style. C'est un marginal, pas un voyou. Par ailleurs, il ne paraît pas assez futé pour un escroc…

— Si c'était un mythomane, je l'aurais tout de suite repéré.

— Certainement, dit le détective, qui demeura impassible.

Il n'avait jamais mis les pieds à la fac et ne connaissait, des services spéciaux, que les romans de Gérard de Villiers, dont il était fervent lecteur.

Le lendemain, lorsque Jean-Jacques passa prendre les quinze mille euros en liquide qui l'attendaient au cabinet du Dr Cambouilhaud, Guetart le prit en filature. Il le vit faire un arrêt prolongé à la Caisse d'épargne de Gardaillègues puis gagner une zone d'habitation incertaine, à la sortie de Cussingeac. Le détective repéra la caravane, nota la présence d'Antoine, et assista à l'arrivée de Canard, qui avait tenu à voir le fric du docteur de ses propres yeux. Guetart prit quelques photos au téléobjectif.

Quarante-huit heures plus tard, il fournissait à son client les portraits flous et granuleux des trois associés, ainsi que leur biographie :

— Celui qui est venu vous voir s'appelle en réalité Jean-Jacques Pouchardon ; c'est une sorte de vieux hippie, qui élève des abeilles à la Rouveyre et vend son miel sur les marchés. Il y a quelques mois, il s'est embrouillé avec sa bourgeoise. Depuis, il habite dans une caravane à la sortie du village, chez un dénommé Antoine Percier. C'est le petit qui ressemble à un rat… Percier vit du RSA. Pouchardon et lui sont écolos, ils militent dans un groupuscule baptisé « Les Défenseurs de la Terre ». Ils ont déjà eu affaire aux flics pour des histoires de fauchage d'OGM. Mais moi, c'est le troisième homme qui m'inquiète. Le grand maigre au crâne rasé avec les tatouages. En fait, c'est lui qui s'appelle Canard. Sylvain Canard. C'est le seul de la bande qui ait un travail régulier. Et vous savez où ?

— Non.

— Aux Cyprès. Il est commis de cuisine. Vous ne l'aviez jamais remarqué avec sa dégaine ?

Le psy hocha négativement la tête.

— Les cuisines des Cyprès sont un endroit où je mets rarement les pieds !

— J'ai réussi à me rancarder sur ce Canard : il a fait plusieurs séjours en milieu psychiatrique, entre seize et vingt-quatre ans. C'est un individu violent. Il est considéré comme guéri mais, en tant que psy, je suppose que vous savez à quoi vous en tenir sur la question… Bon, maintenant docteur, de vous à moi, je vois mal comment une bande de bras cassés de cet acabit pourrait mettre la main sur plusieurs millions d'euros…

— Je n'en sais rien. Vous avez l'air de penser que le type qui est venu me voir n'est pas assez futé pour monter une arnaque, soit, mais il y avait, dans sa pathétique démarche, des accents que je crois sincères. Que dire ? Ils sont peut-être tombés par hasard sur un trésor, un coup fumant ?

— Le hasard que je n'aime pas, moi, c'est que ce Canard bosse dans la même boîte que vous.

— Vous voulez dire que Pouchardon savait qui j'étais en venant me trouver ?

— Ça me paraît évident.

— Vous pensez quoi ? Que ces types essaient de m'attirer dans un piège ?

— Ce n'est pas impossible.

— Vous pouvez me protéger, non ?

— Bien entendu, répondit le détective.

Après un temps, il ajouta :

— En fait, on a deux options : soit je récupère vos quinze mille euros, qui ne seront plus que dix mille une fois que j'aurai prélevé mes honoraires, et je vous promets que vous n'entendrez plus jamais parler de ces trois pieds nickelés et de leur projet foireux – pour moi, la meilleure solution. Soit je leur colle aux fesses pour essayer de comprendre ce qu'ils manigancent, mais là, ça risque de vous coûter bonbon et, en plus, je ne garantis pas le résultat.

— Option numéro deux ! déclara le psy après un temps de réflexion. J'ai eu de belles rentrées, ces derniers temps, et cette histoire m'intrigue. J'irais même jusqu'à dire qu'elle m'excite.

— Le client est roi, dit Guetart.

Il réclama cinq mille euros d'avance.

Restait à trouver une perruque, et une voiture. Les Cyprès disposaient d'un salon de coiffure parfaitement équipé où, deux fois par semaine, officiait la sympathique Aïcha. Après plus d'un demi-siècle de permanentes, de teintures et de crêpages, beaucoup de résidentes perdaient leurs cheveux, et Aïcha avait à cœur de leur proposer ce qu'elle appelait pudiquement des « compléments capillaires », dont elle trimballait toujours un assortiment dans sa mallette. Canard se débrouilla pour lui faucher une perruque d'un noir de jais, tandis qu'Antoine et Jean-Jacques se mettaient en quête d'une voiture. Elle devait être capable de rouler correctement, sinon longtemps, et surtout présenter une carrosserie irréprochable ; on n'imaginait pas qu'une personnalité aussi considérable que Thibault Dastry se déplaçât dans une limousine cabossée. Antoine affichait une mine renfrognée : dépenser autant d'argent pour un véhicule polluant le défrisait. Dans le premier garage qu'ils visitèrent, il se montra si critique, si hostile et si désagréable que Jean-Jacques le pria d'attendre, désormais, dans la R5.

Après quelques tentatives infructueuses, la chance finit par leur sourire sous la forme d'une petite annonce aguichante : « Vends Daimler bleu nuit, intérieur cuir beige (sellerie Lancel) – État impeccable – 296 000 kilomètres. 7 000 euros à débattre. »

— Exactement ce qu'il nous faut, déclara Jean-Jacques. État impeccable !

— 296 000 kilomètres, soupira Antoine, elle va nous claquer dans les pattes !

— Mais non ! Des bagnoles comme ça, c'est fait pour durer.

On pouvait aller voir le véhicule chez sa propriétaire, au château d'Esclandillac. Jean-Jacques, qui habitait la région depuis près de trente ans, n'avait jamais eu l'occasion d'emprunter la petite route ombragée de châtaigniers centenaires qui menait au domaine. Après avoir franchi un pont étroit sous lequel coulait un ruisseau à truites, on débouchait dans un vallon au fond duquel se dressait une imposante bâtisse de pierres rougeâtres flanquée de quatre tours rondes, agrémentée d'une terrasse baignée de soleil. Gagné par le charme puissant des lieux, Jean-Jacques souriait béatement. Crispé sur son volant, Antoine vilipendait les nantis :

— Un château ! Putain ! Il manquait plus que ça !

— Tu t'attendais à quoi ? C'est une Daimler qu'on vient voir, pas une 2 CV.

La petite dame qui vint à leur rencontre n'était pas sans rappeler la reine d'Angleterre : cheveux argentés, permanentés, tailleur crème et fond de teint à discrétion. Elle tendit à Jean-Jacques une main à l'annulaire de laquelle brillait un solitaire de belle taille.

— Je suis la comtesse d'Esclandillac, annonça-t-elle.

— Ravi de vous rencontrer, madame la comtesse, répondit Jean-Jacques en s'inclinant juste ce qu'il fallait.

L'éducation, c'est comme le vélo : quand on en a besoin, les réflexes reviennent. Ignorant délibérément Antoine, qu'elle avait instantanément jugé comme un second couteau dépourvu d'intérêt, la comtesse entraîna Jean-Jacques vers le garage.

— Il s'agit de la voiture de mon mari, qui est décédé depuis quatre ans.

— Toutes mes condoléances, madame la comtesse.

— Merci. Moi, je ne conduis pas… Et mes enfants n'cn vculcnt pas. Ils la trouvent trop difficile à parquer en ville, et trop gourmande en carburant…

— Elle suce combien ? demanda Antoine.

— Je vous demande pardon ?

— Combien d'essence est-ce qu'elle consomme ? traduisit-il.

— Dans les douze litres aux cent, je crois.

— Douze litres ! Putain !

Jean-Jacques foudroya son associé du regard tandis que la petite comtesse, feignant de ne pas avoir entendu le gros mot, leur désignait la porte du garage :

— Je vous laisse le soin d'ouvrir, c'est un peu rouillé…

Les deux hommes durent pousser de tout leur poids sur le lourd vantail pour qu'il consente à coulisser sur son rail. En découvrant la Daimler, Jean-Jacques fut payé de sa peine : à l'instar de la comtesse, la voiture était dans un état de conservation remarquable. Il en fit lentement le tour : pas une bosse, pas une rayure, pas un pet sur les chromes étincelants, comme sur la peinture sombre. Dans l'habitacle, les cuirs, la loupe d'orme et l'épaisse moquette du sol dégageaient encore un agréable parfum de luxe.

— Si vous souhaitez examiner la mécanique, proposa la comtesse avec un geste charmant, ne vous gênez pas.

Jean-Jacques, qui n'y connaissait rien, souleva le long capot. Tout paraissait propre et en ordre. Il émit un grognement approbateur.

— On peut la faire tourner ? s'enquit Antoine.

— Dans le garage, il n'y a pas la place, monsieur.

— Je parlais de faire tourner le moteur.

— Oh, oui, bien sûr. La clé est dessus. Elle devrait démarrer sans peine, le jardinier a vérifié la batterie.

— Le jardinier ! murmura Antoine, indigné, avant de se glisser derrière le volant. Y a encore des gens qui ont un jardinier ? Putain !

Le V8 ronfla à la première sollicitation. Antoine s'empressa de couper le contact pour sauver la planète.

— Eh bien, madame la comtesse, nous sommes très intéressés ! déclara Jean-Jacques.

— Il est vrai que vous ne trouverez pas une occasion pareille à des kilomètres à la ronde.

— Le problème, justement, c'est le kilométrage, rouspéta Antoine. Il est très élevé, et…

— Pour une auto comme la vôtre, je ne dis pas, trancha la comtesse en désignant la R5 garée un peu plus loin. Mais il s'agit d'une Daimler, monsieur !

— Moi, je me méfie, rétorqua Antoine. La qualité allemande, c'est juste une rumeur que les marques font courir.

— Daimler est une marque anglaise, monsieur.

— Anglaise ? N'importe quoi !

— Jamais mon mari n'aurait acheté une voiture allemande ! cingla la comtesse. Il avait gardé de trop mauvais souvenirs de la guerre, je vous prie de le croire.

— Sûr que les tranchées, ça a pas dû être rose tous les jours, dit Antoine, essayant d'interpréter les signes que Jean-Jacques lui adressait derrière le dos de la douairière.

— Je vous parle de 39-45, précisa sèchement la comtesse. En 14-18, mon mari n'était pas né.

Jean-Jacques intima à Antoine de rester à l'écart et entraîna la comtesse vers la terrasse. À l'issue d'une âpre négociation, elle finit par lui consentir un rabais de six cents euros parce qu'il payait en liquide. Elle lui tendit sa petite main manucurée à serrer pour conclure l'affaire. Jean-Jacques la conserva dans la sienne un peu plus longtemps que nécessaire, histoire de tester son sex-appeal. La comtesse le transperça d'un tel regard qu'il sentit ses jambes flageoler.

Sur le trajet du retour, Jean-Jacques se prit, néanmoins, à rêver : il se serait bien vu couler des jours tranquilles à Esclandillac. Il avait repéré l'endroit où il aurait pu faire pousser son herbe, celui où il convenait d'installer ses ruches. Un coassement d'Antoine le ramena à la réalité.

— On est suivis !

— Quoi ?

— Le mec à moto, derrière, on l'a aux fesses depuis le croisement.

La R5 étant dépourvue de rétroviseur d'aile depuis longtemps, Jean-Jacques dut se contorsionner pour voir le motard, tout de noir vêtu, qui leur collait au train. D'un mouvement fluide, ce dernier se déporta soudain sur leur gauche et les dépassa, au début d'une côte, en faisant rugir sa grosse cylindrée.

— Ton suiveur, il est devant nous maintenant.

— Ça va. Sur le moment, j'ai cru…

— Pourquoi veux-tu qu'on nous suive ? On n'a encore rien fait de mal.

— C'est vrai. Je m'excuse.

— T'es trop nerveux, Antoine. C'est bon ni pour la santé ni pour nos projets.

Jean-Jacques entreprit alors de rouler un petit joint, la meilleure des thérapies contre le stress et l'anxiété.

C'était bien le détective, pourtant, qui pilotait la moto. En voyant la R5 s'engager sur la route du château d'Esclandillac qu'il savait être en cul-de-sac, il s'était arrêté, se perdant en conjectures sur les rapports qui pouvaient unir la comtesse et les deux marginaux. Ses fortes jumelles lui avaient révélé Jean-Jacques et la vieille peau en pleine discussion. De quoi pouvaient bien parler des êtres aussi dissemblables ? La R5 était repassée dans l'autre sens alors qu'il pissait contre un arbre.

Un billet de vingt euros glissé le lendemain à la femme de ménage du château lui permit d'apprendre la très prosaïque vérité : madame la comtesse s'était enfin débarrassée de l'encombrante voiture de feu son mari.

Pourquoi ces deux clowns avaient-ils acheté une voiture au lieu de la voler ? se demanda Guetart. Une voiture aussi voyante, de surcroît ? Soit ils étaient encore plus cons qu'il ne le supposait, soit ils préparaient un coup plus intéressant que prévu.

Jean-Jacques chargea Canard de prendre les mesures de Julien Dastry : tour de poitrine, de bras, de cuisses, de hanches, entrejambe, etc. Une fois en possession de ces données, il se rendit chez un tailleur de Montpellier et commanda deux costumes identiques, sobres et gris.

— Pourquoi deux ? demanda Antoine, effrayé par le montant de la dépense.

— Oublie pas que c'est un débile, le mec. Il peut se renverser un truc dessus, s'oublier… Faut prévoir. On n'est à l'abri de rien.

— Tu penses vraiment à tout ! lança Antoine, sincèrement admiratif.

— Ouais, pas comme Canard.

Antoine baissa la tête. Il se sentait toujours atteint par les reproches qu'on adressait à son pote, comme s'il était responsable de son incurie. Jean-Jacques les emmena ensuite dans un magasin de confection à l'ancienne, sans doute le dernier de la région, dans l'espoir de trouver à Antoine un habit de chauffeur. Il aurait bien vu du gris perle avec des boutons dorés, mais au grand soulagement d'Antoine, qui n'avait pas osé protester, le modèle n'avait plus cours, même au rayon garçonnets. Ils se rabattirent sur un costume noir bon marché. Jean-Jacques lui-même troqua son complet de la Croix-Rouge contre un trois-pièces cossu et discrètement chiné, plus en accord avec ses fonctions d'assistant de milliardaire.

— Et pour Canard ? s'inquiéta Antoine, qui portait leurs emplettes.

— Canard, on s'en fout.

— C'est notre associé, Jean-Jacques, je m'excuse.

— Ce que je veux dire, c'est que je ne veux pas de lui à la banque.

— Il voulait faire le garde du corps…

— Le garde du corps ! Et quoi encore ? Même sapé en Armani ou en Hugo Boss, avec l'oreillette qui dépasse, il ne serait pas crédible. Entre ses foutus tatouages et sa tronche de lémurien, il aura toujours l'air d'un punk à la ramasse. Tu n'es pas d'accord ?

— Si. Un peu.

Jean-Jacques donna à Antoine une amicale bourrade. Pour régner, il faut savoir diviser.

Il ne restait plus qu'à choisir la date de ce qu'il fallait bien appeler l'évasion de Julien Dastry. Canard les pressait de se décider, craignant une altération de la santé du vieil homme. Les gogols, à cet âge-là, c'est fragile.

Jean-Jacques, de son côté, hésitait encore à franchir le pas qui allait faire de lui, et pour toujours, un hors-la-loi. Il se raccrochait à des rêves chimériques : la main tendue de Birgit, rongée par les regrets et la frustration sexuelle, une lettre de la comtesse d'Esclandillac lui déclarant sa flamme en termes précieux, ou encore celle d'un notaire parisien lui annonçant que son frère aîné, agonisant et bourrelé de remords, l'avait désigné comme légataire universel. Rien ne vint. Au Café du Siècle, en revanche, quelques bonnes âmes très imbibées se firent un plaisir de lui apprendre que Birgit s'était retrouvé un coquin. Jean-Jacques faillit dégringoler de son tabouret en apprenant que l'heureux élu n'était autre que Christophe, le plombier de Gardaillègues, un type besogneux qui n'avait rien, à ses yeux, pour faire rêver une femme. Après avoir envisagé de crever les pneus de sa camionnette ou de mettre le feu à son dépôt, Jean-Jacques trouva plus chevaleresque de le laisser vivre ses derniers instants de bonheur : lorsqu'il reviendrait avec du fric plein les poches, Birgit retomberait dans ses bras et on renverrait l'artisan à ses chiottes.

# 6

Canard était parfois moins sot que Jean-Jacques ne le pensait. Il arrêta son choix sur un lundi, soir de match, sachant que la vigilance du personnel de surveillance en serait relâchée d'autant. Le temps serait sec, il ne courait pas le risque de voir Julien refuser de le suivre au motif qu'il tombait des gouttes d'eau du ciel.

À 20 h 03, Canard ouvrit le placard électrique dont il avait piqué la clé et bascula le disjoncteur des circuits de vidéosurveillance. Il prit soin de vérifier que la diode témoin de la caméra du couloir était bien éteinte et, après avoir revêtu une blouse d'infirmier chouravée au vestiaire, il poussa la porte de la chambre numéro 4. Absorbé par un puzzle de mille cinq cents pièces représentant Saint-Pierre de Rome, Julien ne lui accorda pas un regard. Canard fourra hâtivement des chaussettes, des sous-vêtements, des pyjamas et des chemises à carreaux dans une Samsonite rose, le seul bagage qu'il ait trouvé dans le placard. Il rafla ensuite tous les tubes, tous les flacons, tous les atomiseurs à la salle de bains, ayant entendu dire par les aides-soignantes que le vieux était un maniaque de la toilette. La chambre donnait de plain-pied sur le jardin. Canard ouvrit la porte-fenêtre. La valise à la main, il vint frapper sur l'épaule de Julien.

— Viens, papy ! On va faire une petite promenade.

— C'est pas l'heure ! rétorqua Julien en plaçant d'un geste sûr dans le ciel céruléen une pièce aux contours impossibles.

Il venait à bout des puzzles les plus compliqués à une vitesse stupéfiante. Il en aurait fait une consommation effrénée si Mme Favraud, la directrice des Cyprès, n'avait eu un jour l'idée de lui redonner ceux qu'il avait déjà exécutés auparavant. Julien les recomposait imperturbablement, sans que l'on sût s'il avait reconnu ou non les images.

— Il faut venir ! insista Canard.

— C'est pas l'heure !

La vie de Julien était balisée par des actes immuables et précis : se lever, prendre le petit déjeuner, faire sa toilette, aller à la selle, commencer un puzzle ou recopier une image, déjeuner, faire une sieste, se promener dans le parc en compagnie d'une aide-soignante si le temps le permettait, prendre le goûter, continuer le puzzle ou l'image, dîner, regarder la télévision ou finir le puzzle, se brosser les dents, se coucher, dormir. Tout ce qui dérogeait peu ou prou à cette routine pouvait le jeter dans des transes, lui procurer d'insurmontables angoisses ou des émotions si violentes qu'il en tremblait. Une visite impromptue, par exemple, l'aurait affolé. Il n'en recevait, heureusement, aucune.

Devant la résistance passive de Julien, qui essayait maintenant de définir l'emplacement d'une pièce rouge foncé frangée d'ocre, Canard perdit patience et siffla entre ses dents :

— Tu te bouges un peu le cul, bordel ! On a pas que ça à foutre !

Les gros mots, Canard l'ignorait, avaient sur Julien Dastry un pouvoir surprenant : le rouge envahit le visage et le cou du vieil homme, qui se mit à se balancer, d'avant en arrière, en laissant échapper une plainte lugubre.

— Ouououou !

— Ta gueule, merde !

L'injonction n'arrangea rien, au contraire, et Canard sentit la panique le gagner. Il avait prévu un stock de médocs pour calmer le débile, mais ils se trouvaient dans la boîte à gants de la Daimler. Il était à deux doigts d'assommer Julien et de le charger sur son épaule lorsque la porte s'ouvrit sur Maryse, une jeune infirmière, énergique et potelée. En passant dans le couloir, elle avait entendu Julien hululer et venait voir ce qui n'allait pas.

— Eh bien Julien ? Qu'est-ce qu'il se passe ? demanda-t-elle avant de découvrir Canard, immobile dans un coin, l'air coupable.

Elle lança d'un ton acerbe :

— Qu'est-ce que tu fais là, toi ? C'est toi qui l'as mis dans cet état ? Et puis c'est quoi cette blouse ? Pourquoi t'as sorti sa valise ?

— Ouououou !

— Je… Je vais t'expliquer, assura Canard, qui perdait pied.

— Ouououou !

— T'as rien à faire dans les chambres des résidents, Sylvain, tu le sais très bien ! Surtout déguisé en infirmier. Hé ? Tu serais pas venu piquer des médocs, des fois ? Hein ? C'est ça ? J'ai bien envie de te signaler à la mère Favraud, moi…

Canard parvint à se ressaisir. Il projeta vivement devant lui ses bras démesurés, en un geste que Maryse prit pour l'expression d'un remords, avant de comprendre qu'il allait tenter de l'étrangler. Elle recula pour lui échapper, trébucha malencontreusement sur un chausson abandonné, perdit l'équilibre et tomba à la renverse, se cognant durement la tête contre le montant du lit. Canard bondit sur elle, l'écrasant de tout son poids. À moitié assommée, Maryse voulut hurler, mais Canard plaqua sa grande main sur sa bouche. Elle y mordit. Il grogna de douleur et lui cogna le crâne contre le sol, à plusieurs reprises ; Maryse finit par desserrer les mâchoires et Canard put libérer sa main. Avisant une paire de chaussettes en fil d'Écosse échappée de la valise, il l'enfonça vigoureusement dans la bouche de la jeune femme. L'infirmière râla, bava, se débattit encore un peu, ses jambes tressautèrent, mais Canard maintenant la pression, elle mollit, puis abandonna enfin toute résistance.

Lorsque Canard se releva, il constata que la petite salope lui avait carrément arraché un lambeau de peau. Ça saignait. Il se confectionna un pansement sommaire à l'aide d'un mouchoir à carreaux emprunté au trousseau de Julien.

Ce dernier avait cessé de hululer. Son regard hébété était fixé sur Maryse, dont le visage avait pris une curieuse teinte indigo, et dont les yeux saillaient comme ceux d'un masque précolombien. Le vieil homme était incapable de trouver un sens à la scène qui s'était déroulée devant lui. Ou plutôt… Il savait, confusément, que les hommes et les femmes s'unissaient charnellement, on appelait cela « faire l'amour ». Il avait aperçu, un jour, par inadvertance, quelques images d'un film pornographique et s'était empressé de détourner le regard ; mais tout de même, il avait vu, un petit peu. La femme était dessous, elle poussait de drôles de cris, l'homme, sur elle, soufflait et mugissait. Julien était donc en train de se demander s'il ne venait pas d'assister à un accouplement. En attendant, sa vessie le tiraillait.

— Besoin de faire pipi, annonça-t-il.

Il se hâta vers la salle de bains et s'y enferma. Canard en profita pour allonger le corps de Maryse sur le lit, dos à la porte. Il la recouvrit de la couette. Lorsque l'infirmier de ronde passerait, il penserait que c'était Julien qui dormait et n'irait sans doute pas y regarder de plus près. À part des élancements dans la main, Canard était plutôt satisfait d'avoir résolu le problème posé par l'irruption de Maryse, et n'avait pas conscience de l'avoir tuée.

On entendit le bruit de la chasse d'eau et Julien sortit des toilettes en se rebraguettant. Le souvenir de la scène troublante dont il venait d'être le témoin était déjà sorti de sa mémoire, heureux les simples d'esprit. Il s'immobilisa, cependant, la tête drôlement inclinée de côté, à la manière de certains oiseaux.

— Il y a quelqu'un dans mon lit ! s'indigna-t-il.

— Mais non, mais non !

— Si ! Il y a quelqu'un dans mon lit ! insista-t-il en désignant le cadavre de Maryse allongé à sa place. C'est mon lit !

Canard sut attraper la perche tendue :

— Justement ! Tu peux pas dormir là, papy ! Viens avec moi !

Déstabilisé, indécis, mais accoutumé à obéir aux infirmiers, Julien suivit Canard, qui s'était emparé de la valise.

Dans l'intervalle, Jean-Jacques et Antoine, affublés, eux aussi, de blouses blanches, patientaient devant l'ouverture qu'ils avaient découpée à la cisaille dans le grillage, du côté nord des Cyprès. Derrière eux, dans le chemin, stationnait la Daimler, moteur au ralenti, prête à prendre le large.

— Le bilan carbone de cette expédition est désastreux, constata Antoine, effaré par la quantité de $CO_2$ que la grosse voiture rejetait dans l'atmosphère. On pourrait au moins couper ce foutu moteur qui tourne pour des prunes !

— On va foutre le camp d'une minute à l'autre.

— Tu me dis ça depuis un bon quart d'heure !

— Putain, Antoine ! Jamais tu la boucles !

— Comment tu me parles, Jean-Jacques ?

Le visage d'Antoine parut se plisser. Il murmura :

— T'as beaucoup changé, je trouve. Autrefois, t'étais plus cool.

— Je suis à cran, concéda Jean-Jacques.

— C'est pas seulement ça, poursuivit Antoine sur le même ton chagrin. T'es devenu différent depuis qu'on prépare le coup. Arrogant, je dirais.

— Arrogant, moi ?

— Parfaitement. Tu veux que je te dise : c'est le pouvoir qui te monte à la tête. D'accord, t'es le plus vieux, d'accord t'es le plus instruit, d'accord t'as eu de bonnes idées sur ce coup, mais c'est pas une raison pour nous traiter comme des merdes, Canard et moi ! Faut pas t'en croire ! Tu vaux pas mieux que nous ! Je dirais même que tu vaux moins, parce que les chances, contrairement à nous, tu les as eues et t'en as rien fait !

— Putain ! ricana Jean-Jacques. J'ai l'impression d'entendre mon père.

Mais au fond de lui-même, les propos d'Antoine l'avaient mis mal à l'aise. Il bougonna pour se donner une contenance :

— Qu'est-ce qu'il branle, ce con de Canard ? On devrait déjà rouler vers Genève, merde !

Se dirigeant résolument vers la Daimler, Antoine coupa le contact en déclarant :

— Si c'est râpé, inutile de gâcher du carburant…

Jean-Jacques aperçut alors, parmi les ombres du parc, deux silhouettes qui approchaient. Il reconnut Canard à son allure dégingandée. L'autre devait être Julien Dastry. Il avait une curieuse démarche, un peu sautillante.

— Ça y est ! On l'a ! souffla Jean-Jacques, aussi excité qu'anxieux.

Il entendait, à présent, la voix du vieux qui répétait, sur un ton inquiet :

— Je vais dormir où, moi ?

— Pas loin ! Avance !

— Oui, mais je vais dormir où ?

En voyant surgir Antoine et Jean-Jacques, Julien Dastry émit un couinement terrifié.

— Ce sont des amis, assura Canard. De gentils infirmiers qui vont venir en promenade avec nous.

Toutefois, quelque chose dans l'aspect des deux hommes, ou dans leur attitude, avait éveillé la méfiance de Julien, déjà très perturbé par cette expédition nocturne hors normes. Il se figea, la tête baissée, les pieds en dedans, roulant des regards anxieux.

— Avance, bordel !

L'effet du mot fut immédiat, Julien Dastry se remit à hululer.

— Il nous fait quoi, là ? demanda Antoine, goguenard. La sirène d'alarme ?

— Putain ! Il est bloqué, ce con ! siffla Canard.

— Ce n'est pas le moment, merde ! dit Jean-Jacques, à deux doigts de la panique.

Canard se précipita vers la Daimler, fouilla fébrilement la boîte à gants et revint avec une dose de Diproplamine. Il remplit une seringue et piqua sauvagement Julien dans le gras du biceps. Le « Ouououou » se mua en « Ouille, ouille, ouille » et le vieil homme se mit à vaciller. Canard fit signe à Jean-Jacques. Ils l'empoignèrent, l'un par les pieds, l'autre sous les aisselles, et le balancèrent sur la banquette arrière de la voiture.

— Fonce ! intima Canard à Antoine.

Ce dernier se mit au volant et tourna la clé. La voiture resta inerte.

— Putain ! Me dis pas qu'elle démarre pas ! beugla Canard.

— Ben si.

— Pourquoi t'as pas laissé le moteur tourner, espèce de con ?

— Parce que je suis un citoyen écolo-responsable.

— Il va prendre ma main sur la gueule, le citoyen écoloresponsable.

— La ferme ! lança Jean-Jacques.

Penché sur Julien, il cherchait vainement le pouls, tentait de surprendre une respiration et s'inquiétait : pouvait-on se fier aux connaissances médicales empiriques d'un commis de cuisine ? La dose n'était-elle pas létale ? Il ne manquerait plus qu'ils se retrouvent avec un cadavre sur les bras ! Antoine parvint enfin à actionner le démarreur et la voiture fit un grand bond en avant, car il maîtrisait mal la boîte automatique.

Au bord du chemin, telle une bouée dans le sillage d'un chalutier, la valise rose qu'ils avaient oubliée.

Ses jumelles infrarouge autour du cou, habillé et maquillé de noir comme il convenait pour une expédition nocturne, Guetart émergea du bosquet de chênes verts derrière lequel il se dissimulait. Il s'approcha de la valise avec circonspection, l'ouvrit, en inventoria le banal et décevant contenu. Perplexe, il prit son portable pour appeler le Dr Cambouilhaud.

— Guetart à l'appareil. Vous ne devinerez jamais où je suis.

— Certainement pas, alors dites-le-moi, on gagnera du temps.

— Aux Cyprès.

— Oui, et alors ?

— Croyez-le ou non, les Marx Brothers viennent d'enlever un vieux.

— C'est quoi, cette connerie ?

— C'est comme je vous le dis.

— Un vieux, vous êtes sûr ?

— Un vieux à moustache.

— Bizarre.

— La clientèle des Cyprès, c'est plutôt le genre friqué, non ?

Il y eut un temps, puis le Dr Cambouilhaud reprit d'une voix altérée :

— Attendez, vous n'êtes pas en train de m'expliquer que j'ai financé une opération de kidnapping ?

— Ça y ressemble vachement.

— Bordel ! En plus on va pouvoir remonter jusqu'à moi et penser que je suis complice !

— Ne vous affolez pas ! Attendons de voir ce qu'ils vont faire.

Il y a peut-être quelque chose à tirer de cette histoire…

— Certainement pas ! C'est trop dangereux !

— Mais si ! Et s'il y a quelque chose à partager, on partagera.

Je vous le promets.

— Tel que c'est parti, on va surtout partager une cellule, Guetart !

— Faites-moi confiance, docteur. Je connais mon affaire. Je vais leur coller au train.

— Non, non, non ! coupa le psy. Il faut arrêter les frais avant qu'il ne soit trop tard. Appelez les flics !

— D'accord, d'accord. Je m'en occupe.

— Et surtout, évitez de parler de moi !

— Bien entendu. Je ne suis pas idiot. Allons, tranquillisez-vous, docteur. Vous ne serez pas inquiété. Parole d'ancien commando !

Avant de couper la communication, le détective ajouta encore quelques propos apaisants à l'adresse de son employeur. Puis il balança la valise rose très loin dans les fourrés et se lança à la poursuite de la Daimler.

# 7

— Tu peux pas rouler plus vite ? demanda Canard.

— Rouler vite, répliqua flegmatiquement Antoine, c'est une notion dépassée. C'est à la fois dangereux et gourmand en énergie… En plus, ce serait le meilleur moyen d'attirer l'attention des flics.

Cet argument fut le seul à parler à Canard. Encore qu'à cette heure, la maréchaussée eût, depuis longtemps, délaissé le goudron des nationales pour le latex des matelas.

La longue voiture filait dans la nuit, traversait des étendues mornes, des villages où le seul signe de vie, derrière les persiennes closes, était la lueur changeante des téléviseurs. Au sortir d'un interminable virage, les phares allumèrent des escarboucles dans les yeux d'un animal brusquement surgi du bas-côté. Antoine enfonça la pédale de frein. Le train arrière de la Daimler chassa sévèrement et la bête disparut dans les fourrés.

— Putain ! gueula Canard. T'aurais pu nous tuer !

— Pas à la vitesse où je roulais. Et puis j'écrase pas les animaux, moi ! Surtout les blaireaux. Y sont en voie de disparition, les blaireaux. À cause des pesticides qu'on répand sur les cultures.

— Blaireau mon cul. C'était rien qu'un pauv' clebs.

— C'était un blaireau. Je me suis exercé à reconnaître les silhouettes sur un programme pédagogique du WWF. D'ailleurs les blaireaux, ça sort la nuit.

— Les chiens aussi.

— Le vieux pionce toujours, annonça alors Jean-Jacques d'une voix sépulcrale. Vous trouvez ça normal ?

— Ouais, j'lui ai collé la grosse dose. Et puis comme ça, au moins, on l'entend pas.

Guetart, qui les filait à distance prudente, s'était attendu à voir la Daimler s'engager dans un chemin vicinal pour gagner la baraque isolée où les ravisseurs garderaient leur otage en attendant le versement de la rançon. La voiture traçait, au contraire, la route vers l'est, à faible allure. Curieux.

Aux Cyprès, Coffie, engagé dans un commentaire passionné du match avec Kader et Didier, les deux aides-soignants qui assuraient la garde de nuit, décida enfin de s'intéresser à la petite loupiote qui ne cessait de clignoter sur le tableau : chambre numéro 22. Mme Leporion. Veuve de Georges Leporion, fondateur des laboratoires éponymes. Une gentille fortune, un début d'Alzheimer. Une chieuse.

— Madame Leporion ! Qu'est-ce qui vous arrive encore ? lança-t-il de sa plus grosse voix en pénétrant dans la chambre.

— Il m'arrive que j'attends Maryse depuis une heure.

— Je suis là, madame Leporion. C'est quoi le problème ? La petite commission ?

— J'ai des gouttes à prendre. Pour dormir.

Coffie n'étant pas infirmier, il n'était pas autorisé à donner leurs médicaments aux patients.

— Bon, calmez-vous, madame Leporion, je vais prévenir l'infirmière de service.

— Je suis très calme. Et je vous répète que j'attends l'infirmière depuis une heure.

— C'est qui, déjà, qui est de garde ce soir ? interrogea Coffie.

— C'est Maryse, je viens de vous le dire ! Et il paraît que c'est moi qui ai Alzheimer ? ricana la vieille dame.

Coffie chercha « Maryse » sur son portable et appela le numéro.

Pas de réponse.

— Bougez pas, madame Leporion, je reviens.

— Je n'ai pas l'intention de bouger, j'ai l'intention de dormir. Et pour ça, il me faut mes gouttes !

Coffie retourna au local des surveillants, où Kader et Didier, toujours en pleine discussion, avaient à peine remarqué son absence. Surpris que Maryse ne répondît ni sur son portable ni sur le téléphone interne, il envoya ses collègues à sa recherche. Ils revinrent vingt minutes plus tard en déclarant qu'elle n'était nulle part.

— Sa voiture est toujours au parking, fit remarquer Didier. Donc elle est encore là.

— Il m'a semblé entendre un bruit de moteur dans le chemin, tout à l'heure, dit Kader.

Les trois hommes échangèrent un regard entendu. Maryse était assez portée sur la chose, elle avait peut-être donné rendez-vous à un mec au fond du parc ?

Dans un établissement comme les Cyprès, la présence d'au moins une infirmière de nuit est une obligation légale. Coffie aurait dû informer immédiatement Mme Favraud de la situation, mais il hésitait à la déranger chez elle pour une banale histoire de cul. D'autant que Maryse risquait un blâme pour avoir déserté son poste.

La diode de la chambre numéro 22 avait cessé de clignoter, Mme Leporion s'était finalement endormie sans le secours de ses gouttes. En accord avec Kader et Didier, Coffie se donna encore deux heures avant de prévenir la directrice. D'ici là, Maryse serait certainement réapparue.

La Daimler s'engagea sur l'A7 un peu avant minuit, la faute à Antoine qui avait roulé à la vitesse d'un escargot et s'était trompé de direction à deux ronds-points successifs. À l'arrière, Julien dormait toujours, ses ronflements dominant parfois ceux du V8.

— Tu nous as pas raconté, demanda soudain Antoine à Canard. Qu'est-ce qui t'a retardé comme ça, aux Cyprès ?

— Hein ?

— T'as mis un temps fou. On se faisait du calcaire, Jean-Jacques et moi. T'es pas tombé sur un os, au moins ?

— Pas du tout, mentit Canard. C'est à cause du vieux. Il voulait à tout prix finir son puzzle.

— Son puzzle ? Putain !

Ils roulèrent à nouveau en silence, puis Antoine revint à la charge :

— Tu t'es fait quoi à la main ?

— À la main ?

— Tu saignes.

— Ah ouais, ouais. C'est rien. C'est en ouvrant l'armoire électrique. Je me suis pincé.

— C'est pas de bol.

Avec ses foutues questions, Antoine avait semé le doute dans l'esprit de Canard, qui tentait maintenant de se rappeler si la poitrine de la jeune infirmière se soulevait ou non lorsqu'il l'avait déposée dans le lit de Julien. Oui, oui, bien sûr qu'elle bougeait. Elle palpitait, même. Et sa peau était souple et tiède, il l'aurait juré.

— J'ai besoin de pisser, annonça Jean-Jacques.

— Ça ne peut pas attendre ? aboya Canard. On a déjà pris assez de retard comme ça.

— La faute à qui ?

— Ça va, merde ! On n'est pas à la minute non plus.

— Ben justement. On peut s'arrêter pour pisser, reprit Jean-Jacques.

— On pourrait en profiter pour faire le plein, proposa Antoine. Cette foutue caisse brûle autant de carburant qu'un porte-avions !

— Bon. D'accord. Y a un Total dans vingt bornes, concéda Canard.

— Ça, pas question ! lança Antoine.

— Pas question de quoi ?

— De s'arrêter chez Total.

— Pourquoi ? C'est quoi le problème ?

— C'est des profiteurs doublés de pollueurs.

— Parce que Shell ou BP, c'est mieux p'tet ?

— Je sais pas. Mais sur Internet, j'ai lu des rapports accablants. Total, c'est vraiment des pourris. Les boycotter, c'est un devoir citoyen.

— Citoyen ou pas, ma vessie ne tiendra pas jusque chez Shell, déclara Jean-Jacques.

Antoine soupira et mit son clignotant à droite lorsque le panneau annonçant la station-service apparut.

Guetart, qui les suivait toujours à distance prudente, signala également son changement de direction. Lui aussi avait besoin d'essence. Et il irait peut-être au contact si l'occasion se présentait. Il ne parvenait pas à comprendre où allaient les trois gugusses.

Hanté par des visions de tankers échoués, de plates-formes de forage en flammes, de cormorans mazoutés, d'ouvriers exploités et de zones pavillonnaires dévastées, Antoine regardait tristement défiler les chiffres sur le compteur de la pompe numéro 8. Il eut soudain conscience d'être observé. Tournant légèrement la tête, il découvrit une Mégane grise arrêtée à la pompe voisine. L'un de ses deux occupants remplissait, comme lui, le réservoir. L'autre l'observait avec une curiosité non dissimulée. Antoine aperçut alors, sur le tableau de bord de la Mégane, un gyrophare bleu. Des flics en civil, putain ! Troublé, apeuré, coupable, il retira le pistolet trop vite et trop tôt, aspergeant de super son pantalon et ses chaussures.

C'est le moment que choisit Julien pour sortir du coaltar. Il cligna longuement des yeux. Ne reconnaissant pas l'endroit où il se trouvait, incapable de comprendre ce qui se passait, il commença à s'agiter. Jean-Jacques était aux toilettes, Canard parti chercher des sandwiches et des cafés, Antoine se précipita vers l'arrière de la Daimler.

— On se calme, papy, on se calme !

Le débile poussait maintenant des cris de bête à l'agonie. Affolé, Antoine lui adressa, à travers le carreau, des signes qu'il espérait apaisants, mais Julien trépigna de plus belle, cognant et griffant la vitre comme s'il était prisonnier d'un aquarium.

— Besoin d'aide ? demanda une voix derrière Antoine.

C'était le flic en civil. Antoine crut qu'il allait se faire dessus. L'apparition de Jean-Jacques, toujours vêtu de sa blouse blanche, lui sauva heureusement la mise. Il trouva la force de dire :

— Pas la peine, merci ! Voilà son infirmier.

Il lança à la cantonade :

— Jean-Jacques, dépêche ! Il nous fait encore une crise.

Appréciant la situation d'un coup d'œil, Jean-Jacques se rua à l'arrière de la Daimler, où il fit de son mieux pour maîtriser le vieux et l'empêcher de gueuler trop fort.

— Ça va ? demanda le flic à Antoine en désignant Julien.

— Ça va, on a l'habitude, répondit-il, non sans à-propos. On l'emmène dans une clinique spécialisée, en Suisse.

— Vous avez raison, dit le flic. Les Suisses, c'est les champions de l'euthanasie.

— Ah non, non, non ! C'est pas pour ça ! C'est…

— Je plaisantais.

— Ah.

Julien tremblait maintenant convulsivement dans les bras de Jean-Jacques, qui ne savait pas quoi faire et aurait donné cher pour être ailleurs. Antoine vit alors approcher Canard, les bras chargés de sandwiches, de confiseries sous cellophane et de gobelets de café à emporter. Avec ses tatouages et sa tronche de dégénéré, il ne cadrait pas vraiment avec le tableau, le flic allait tout de suite flairer l'embrouille. Canard sentit d'instinct que l'interlocuteur d'Antoine représentait un danger. Dépassant la Daimler sans lui accorder un regard, il se dirigea d'un pas très naturel vers le parking où stationnaient quelques véhicules.

— C'est moche ! commenta le flic en contemplant Julien.

Il avait l'air sincèrement navré.

— Lui encore, sa famille a les moyens, dit Antoine. Imaginez quand ça se produit dans un milieu défavorisé.

— Sûr. C'est dur. Allez ! Courage ! lança le flic avant de rejoindre son collègue.

La Mégane s'éloigna rapidement. Antoine était tellement secoué qu'il dut s'y reprendre à trois fois pour démarrer la Daimler. Ses chaussures et ses vêtements empestaient l'essence. Il s'arrêta quelques mètres après les pompes pour permettre à Canard, qui s'était dissimulé dans l'ombre, de remonter à bord.

— Putain ! On a frôlé le désastre ! dit Jean-Jacques, qui n'en pouvait plus de bercer le vieux. Colle-lui une dose de quelque chose !

— Essayons cinq millilitres de Ternazol, répondit Canard avec le détachement clinique d'un docteur House.

Guetart, qui avait fait le plein de sa moto à la pompe numéro 12, n'avait rien perdu de la scène. Si les trois abrutis n'avaient pas menti, ils se rendaient en Suisse. Le détective n'y comprenait plus rien : auraient-ils enlevé le vieux pour le compte d'un tiers ? S'agissait-il d'une sombre affaire de famille ? D'une vengeance ? D'une histoire d'héritage ? Quoi qu'il en soit, ça devenait assez excitant.

# 8

Josselyne Favraud faisait rarement l'amour avec son mari, mais quand elle se donnait, c'était à fond. Après une série d'extravagantes contorsions, cette petite femme sèche et souple s'était endormie, comblée, un doux sourire aux lèvres. La sonnerie du téléphone l'arracha à son premier sommeil ; son mari, qui avait décroché, lui tendit le combiné d'un air lugubre.

— Les Cyprès.

Les lèvres de Josselyne, tendrement gonflées, formèrent un « fait chier ! » tandis qu'elle tentait de rassembler ses esprits et son sein droit, qui persistait à s'échapper du décolleté de la nuisette.

— Madame la directrice ?

— J'espère que vous ne me dérangez pas pour rien, Coffie !

— C'est Maryse, madame. Elle n'est pas à son poste. Elle a disparu.

— Comment ça, disparu ? Soyez plus précis, Coffie.

— Je ne peux pas dire mieux, madame. On l'a cherchée partout, même au sous-sol, elle n'est nulle part. Et sa voiture est sur le parking.

— Il y a certainement une explication, murmura Josselyne, dépassée par le problème. Certainement…

— En attendant, on n'a pas d'infirmière. S'il arrive quoi que ce soit…

— Compris. J'arrive, soupira Josselyne.

Elle n'avait pas fait une piqûre ou un pansement depuis vingt ans, mais elle possédait les diplômes indispensables. Elle informa brièvement son mari de la situation, s'habilla et fonça dans la nuit au volant de sa petite voiture, en maudissant ses responsabilités et ses obligations.

Aux Cyprès, Coffie et ses deux comparses répétèrent qu'ils avaient fouillé les bâtiments de fond en comble sans y trouver Maryse.

— Et le parc ? dit Josselyne. Vous avez cherché dans le parc ?

— On a jeté un œil, madame, on n'a rien vu.

— Jeter un œil, ça ne suffit pas. Retournez-y et faites bien attention, cette fois. Et surtout, pas un mot à nos résidents.

— Bien madame.

« Résidents » était le terme en usage aux Cyprès. Le personnel, pour sa part, parlait plus volontiers de « dingos ». Les trois hommes sortirent en traînant les pieds, armés de grosses lampes torches, et Josselyne, grande consommatrice de séries policières, se rendit dans le vestiaire des infirmières, fermement décidée à y repérer des indices. Des indices de quoi, elle l'ignorait, mais au moins avait-elle un prétexte pour satisfaire sa curiosité. Elle ouvrit le placard de Maryse avec son passe. Le sac à main de la jeune femme était sur la planche du milieu, elle en inventoria le contenu. Papiers, carte de Sécu, de crédit, et de fidélité dans deux ou trois magasins. Clés, poudrier, rouge à lèvres, tampons, capotes, un iPod et ses écouteurs. Pas de petit mot, de lettre ou de message qui auraient pu plaider en faveur d'une disparition romantique. Encore qu'aujourd'hui, songea la directrice avec une pointe de nostalgie, c'est par téléphone que communiquent les amoureux. Et Maryse devait avoir le sien sur elle. Par acquit de conscience, Josselyne fouilla encore les poches d'une blouse qui pendait là, et même les escarpins que l'infirmière avait troqués contre les Crocs réglementaires. Rien.

La directrice regagna son bureau en se demandant si les gendarmes, au cas où ils seraient amenés à intervenir, fourreraient leur nez dans ses comptes. Il y avait en effet un certain nombre d'irrégularités qu'elle n'avait pas trouvé le temps de maquiller. En s'y mettant dès maintenant, elle pourrait faire disparaître ces écritures embarrassantes avant l'aube.

Coffie et les deux autres revinrent en déclarant qu'ils n'avaient rien trouvé dans le parc à part un nouveau terrier de blaireau et un grand trou dans le grillage.

— Un trou ?

— Grand comme ça, madame, dit Kader en dessinant dans l'air les proportions approximatives de l'ouverture.

— Qui dit trou dit évasion, non ? Vous avez vérifié que tous les résidents étaient dans leurs chambres ?

— Oui, madame, il ne manque personne.

La directrice déclara qu'elle attendait l'arrivée de l'équipe des soignantes de jour avant de se résoudre à aviser la gendarmerie : avec un peu de chance, l'une de ces infirmières serait en mesure d'expliquer la défection de Maryse. Mme Favraud se refusait encore à parler de disparition.

*

La Daimler se mit à tousser alors qu'ils tournaient en rond dans l'agglomération de Ferney-Voltaire, après qu'Antoine eut à nouveau loupé la direction « Genève » à l'un de ces foutus ronds-points qui le perturbaient toujours. Il n'était pas loin de quatre heures.

— Qu'est-ce qu'elle a, cette caisse, bordel ! s'énerva Canard.

— J'en sais rien, je suis pas mécano.

— Tout à l'heure, à la pompe, tu t'es pas gouré de carburant au moins ?

— Tu me prends vraiment pour un débile !

— C'est pas normal ce bruit-là.

— C'est peut-être le carbu, suggéra Jean-Jacques. Une poussière dans le carbu.

— Une putain de grosse poussière !

La Daimler ne toussait plus, elle s'étouffait, et chaque spasme les secouait durement, en dépit de la douceur des suspensions.

— On fait quoi ? demanda Antoine.

— Arrête-toi ! décida Canard.

— Ici ?

— Non, pas ici. L'hôtel, là-bas !

Concentré sur les cadrans du tableau de bord, qui ne révélaient rien des désordres intimes de la voiture, Antoine n'avait pas remarqué l'enseigne Formule 1 qui brillait dans la nuit.

— On a besoin de se reposer, de toute façon, dit Canard qui, depuis un moment, sentait dégringoler sur ses épaules tatouées toute la fatigue des dernières heures.

En un ultime soubresaut, la Daimler s'arrêta devant le perron. Descendu de la voiture, Canard chercha vainement une sonnette avant de remarquer la borne automatique qui permettait d'obtenir une chambre. Il mit longtemps à lire les instructions et jura.

— T'en mets un temps ! lança Antoine de son volant. C'est quoi le problème ?

— Le problème, c'est qu'il faut une putain de carte de crédit pour entrer dans ce putain d'hôtel !

Canard s'apprêtait à passer sa rage et sa frustration sur la borne lorsque la porte vitrée s'ouvrit pour livrer passage à trois hommes encore ensuqués, qui portaient des sacoches et des vêtements de travail. Des techniciens dont les équipes se relayaient pour réparer les circuits électriques du Cern voisin, récemment endommagés par la course folle d'un boson. Surpris par leur apparition, Canard resta perché sur une jambe, tel un échassier.

— Ça va comme tu veux ? s'enquit l'un des travailleurs.

Canard soupira en désignant la borne.

— Pas de carte bleue, pas de dodo.

L'électricien le considéra avec sympathie.

— T'as l'air d'un brave gars, dit-il. Écoute, on est partis pour bosser huit ou dix heures de rang, les copains et moi. On peut te filer notre piaule en attendant. Ça te fera des économies. Vous êtes d'accord, les mecs ?

— Pas de souci, firent les deux autres.

— C'est super sympa, dit Canard.

— Par les temps qui courent, faut savoir s'entraider. Bon. Il y a juste un code à retenir…

L'ouvrier aperçut alors la Daimler, les visages interrogatifs d'Antoine et de Jean-Jacques derrière les vitres.

— Attends une seconde ! Dans la grosse bagnole, c'est des potes à toi ? demanda-t-il à Canard.

— Oui, mais…

— Salauds de riches ! Et j'étais prêt à leur filer notre piaule, en plus ! lança-t-il, prenant ses collègues à témoin. Et nous on se crève au boulot pour pas un rond ! Enfoirés, va !

Son poing se détendit tout seul, prenant Canard au dépourvu et à la pointe du menton. Ses grands bras battirent l'air, il partit à la renverse et s'étala sur le bitume. Antoine s'agrippa craintivement à son volant et Jean-Jacques préféra ne pas intervenir pour éviter « d'envenimer la situation » ainsi qu'il le prétendit par la suite. Tandis que Canard tentait laborieusement de se remettre debout, les trois électriciens gagnèrent leur camion. Au passage, chacun cracha consciencieusement sur la Daimler. Antoine regarda leurs glaviots couler lentement sur le pare-brise, ulcéré qu'on l'ait pris pour un nanti après tant d'années de lutte dans les rangs des opprimés.

La Daimler, au bord de la syncope, se remit à sillonner les rues de Ferney-Voltaire. Furieux, blessé dans sa dignité, Canard tamponnait son menton meurtri. Sur la banquette arrière, Julien Dastry s'agitait de plus en plus, signe d'un réveil imminent. Antoine finit par repérer une enseigne rassurante : Hôtel des Alpes. L'établissement, à l'ancienne mode, était doté d'un réceptionniste en chair et en os qui luttait courageusement contre le sommeil derrière son comptoir. Le badge épinglé à sa veste précisait qu'il se prénommait Patrice. Antoine lui demanda deux chambres communicantes et l'adresse d'un garagiste.

Patrice trouva que ces clients matinaux avaient une drôle de touche. Le vieux paraissait mal en point, s'il cassait sa pipe, ce serait une publicité désastreuse pour l'hôtel, mais vu ce qu'il était payé dans cette taule, il n'en avait rien à battre. Petit bémol : les types n'avaient pas de carte de crédit pour l'empreinte obligatoire.

Les instructions de la direction étaient claires, il aurait dû les éconduire, mais Jean-Jacques sut étouffer ses réticences en lui balançant mille euros en liquide, à titre d'arrhes, et cent de plus comme pourboire.

Le réceptionniste leur octroya les chambres numéro 16 et 18, contiguës, ainsi qu'ils l'avaient souhaité.

— T'es dingue ! explosa Canard à peine les portes de l'ascenseur refermées. Cent euros de pourliche à ce loufiat !

— Dans un établissement de cette classe, c'est le minimum, assura Jean-Jacques.

L'hôtel n'avait rien d'exceptionnel, il était même plutôt vétuste, mais du fait de la proximité de l'aéroport international Genève-Cointrin, les tarifs étaient prohibitifs.

— Putain ! répéta Canard.

De l'argent du Dr Cambouilhaud, il restait à peine mille euros. Sans compter, évidemment, les cinq mille que Jean-Jacques s'était mis à gauche.

Quelques minutes après que les quatre hommes eurent disparu dans leurs chambres, Guetart se pointa à son tour à la réception. Il glissa, lui aussi, cent euros à Patrice pour avoir une chambre avec vue sur le parking, et surtout pour qu'on le prévienne si jamais les quatre hommes qui venaient d'arriver quittaient l'établissement. Mis en verve par ces petits bonus qui représentaient pratiquement le tiers de ses émoluments mensuels, le réceptionniste déclara :

— Ça m'étonnerait qu'ils repartent de suite, leur caisse est HS !

De fait, trois heures plus tard, une dépanneuse du garage Chevergnaud & Fils vint embarquer la Daimler.

*

Aux Cyprès, Mme Favraud accueillit personnellement, les unes après les autres, les infirmières de l'équipe de jour, posant à chacune les mêmes questions :

— Savez-vous où est Maryse? Vous a-t-elle dit quelque chose de particulier? Avez-vous remarqué, dans son comportement de ces derniers jours, quoi que ce soit d'inhabituel?

Elle obtint autant de réponses négatives, et quelques allusions fielleuses aux mœurs décontractées de la disparue qui, sans doute, expliquaient la chose. Mme Favraud engagea ses employées à faire leur travail comme d'habitude. Les résidents devaient rester dans l'ignorance de ce qui se passait.

Dix minutes plus tard, un hurlement épouvantable tira la directrice de son bureau. En pénétrant dans la chambre numéro 4, Agathe avait découvert, en lieu et place de Julien Dastry, le cadavre froid et violacé de Maryse. Le vieux, quant à lui, semblait s'être fait la belle après son crime : il manquait ses affaires de toilette, une partie de ses vêtements, et sa grosse valise rose.

La directrice sentit en elle un grand vide : l'implication du plus prestigieux et du plus riche de ses résidents dans un fait divers aussi atroce qu'inattendu risquait de porter un coup fatal à sa carrière ainsi qu'à l'établissement, dans lequel elle possédait des parts. Thibault Dastry qui, pendant des décennies, était parvenu à cacher au monde l'existence de son inavouable jumeau, serait immanquablement exposé aux lumières crues du scandale. Les paparazzi allaient se ruer sur les Cyprès comme un vol de locustes, dévorant tout, salissant tout. D'une main tremblante, Mme Favraud composa le numéro du portable personnel de Thibault Dastry, sur lequel elle laissa un message angoissé et à demi crypté, au cas où il ne prendrait pas l'appel lui-même ; il lui avait recommandé la plus absolue discrétion pour tout ce qui concernait son frère. Elle patienta une vingtaine de minutes, espérant une réponse qui ne vint pas, avant de se décider à prévenir la gendarmerie. Tant pis. Elle aurait fait son possible.

Sans que l'on sût comment, la rumeur qu'un drame s'était produit courait déjà parmi les résidents, et les Cyprès retentirent bientôt de cris et de gémissements à tous les étages. Les infirmières, bouleversées, couraient dans tous les sens pour administrer des sédatifs à leurs patients.

# 9

— Où on est? demanda Julien en émergeant du coaltar.

Ses yeux bleus clignaient exagérément, il avait l'air d'un vieux lapin arraché à la douceur de son terrier.

— T'es à l'Hôtel des Alpes, papy. Tout va bien! répondit Canard.

Du point de vue de Julien, rien n'allait. Cette chambre n'était pas la sienne, cet infirmier aux bras tatoués était nouveau, et si l'on était le matin, il aurait déjà dû avoir son petit déjeuner.

— Où est mon puzzle? glapit-il soudain en jetant autour de lui des regards affolés. Je veux mon puzzle!

Le puzzle. Sans l'intrusion de Maryse, Canard aurait sans doute pensé à l'emporter.

— Mon puzzle, mon puzzle! répétait Julien, de plus en plus angoissé.

C'est seulement à cet instant que Canard se rendit compte qu'ils avaient oublié la valise. Il jura si violemment que Julien se pissa dessus sous le coup de l'émotion avant de se mettre à hululer.

— Qu'est-ce qu'il se passe, bordel? demanda Jean-Jacques, qui venait de s'assoupir dans la chambre contiguë.

— Vous avez oublié sa valise, bande de cons !

— Dis donc ! On est pas tes larbins ! T'aurais pu y penser aussi !

— Euh, les mecs, il vient de faire sur lui, les avertit Antoine, heureux de pouvoir faire diversion.

— Putain, c'est pas vrai ! C'est pas vrai !

Perturbé par ce vocabulaire grossier autant que par cet environnement et ces visages inconnus, Julien plaqua ses mains sur ses oreilles et se mit à se balancer d'avant en arrière en roulant des yeux et modulant sa plainte lugubre.

— On fait quoi, là ? demanda Jean-Jacques.

— Dix millilitres de Leprolazamine, prescrivit Canard.

— T'es sûr de ton coup ? Parce qu'au train où ça va, il sera bientôt tellement chargé qu'il ne pourra pas signer à la banque !

— T'inquiète. J'ai vu faire les docteurs. Y a pas de danger.

Dûment piqué avec une dose à assommer un aurochs, le vieil homme retomba dans l'inconscience. Ils l'allongèrent sur un des lits, renonçant, dans l'immédiat, à remplacer le pantalon souillé par un propre.

— Bon. On est tous sur les nerfs, dit Jean-Jacques, reprenant son rôle de leader. Faut qu'on se repose, qu'on récupère.

C'était la voix de la raison. Chacun s'étendit, ferma les yeux, tenta de trouver le sommeil. La sonnerie du téléphone retentit, arrachant Canard aux prémices d'un rêve érotique dont Maryse était la vedette. Il décrocha, furieux.

— Ouais !

— Monsieur Olufsen ?

— Putain ! C'est même pas moi ! répliqua-t-il en raccrochant violemment.

Il lui revint alors qu'Olufsen était le nom que ce con de Jean-Jacques avait donné en arrivant à l'hôtel. Il rappela la réception.

— Monsieur Olufsen. Vous venez de m'appeler…

— Ce n'était pas vous.

— Mais si, c'était moi !

— Vous m'avez dit le contraire.

— Parce que vous m'avez réveillé, bordel. Qu'est-ce qu'il y a ?

— C'est le garage.

— Quoi, le garage ?

— Le garage qui est venu chercher votre voiture. Ils viennent d'appeler. Ça va prendre deux jours minimum. Il faut faire venir la pièce d'Angleterre.

— Putain !

— Euh… Monsieur Olufsen ?

— Putain ! Deux jours ? Vous êtes sûr ?

— Peut-être trois, ou quatre, ils ne savaient pas avec certitude.

— Putain !

— Et il faudra compter minimum cinq mille euros, ils ont précisé.

— Quoi ?

— À moins que vous ne payiez en francs suisses…

— Putain de bordel !

Canard raccrocha le combiné si violemment qu'il réveilla Antoine et Jean-Jacques.

— Tu fais chier ! dit Jean-Jacques. Je venais de m'endormir.

— Vous êtes vraiment des nases ! éructa Canard. Vous vous êtes laissé refiler une caisse pourrie !

— Elle est peut-être pourrie, mais elle en jette, répliqua Jean-Jacques avec hauteur.

— Vous pouviez pas regarder le moteur, non ? Y en a pour cinq mille boules de réparation ! Merde !

— Ça, c'était à prévoir, commenta Antoine. Moi, je l'avais dit ! 296 000 kilomètres !

— Si tu t'y connaissais tant que ça, fallait te manifester plus tôt ! l'interpella rudement Jean-Jacques. Tu t'es même pas approché quand j'ai soulevé le capot.

— Il s'est fait entuber par la vieille aristo ! cafta Antoine. T'aurais dû le voir faire ses ronds de jambe ! « Madame la comtesse » par-ci, « Madame la comtesse » par-là…

— Ta gueule, Antoine !

— On a même pas de quoi payer l'hôtel. Où c'est qu'on va trouver cinq mille pour le garage ? demanda Canard.

— Pas de panique ! tonna Jean-Jacques.

Il était vital de reprendre l'ascendant sur ses équipiers. Quant à cette petite vipère d'Antoine, il aurait bientôt la monnaie de sa pièce, autrement dit pas un cent, une fois qu'ils auraient mis la main sur le fric de Dastry.

— Je vous rappelle qu'on a laissé des arrhes pour la chambre, reprit Jean-Jacques d'un ton ferme. Ça nous permet de la garder au moins trois ou quatre jours de plus sans qu'ils se méfient. Quant au garage, avant de régler la note, je vais demander à faire un tour de quartier, histoire de voir comment elle tourne. Ils ne peuvent pas dire non. Là, on se fera la malle en douceur. Droit sur Genève.

— Pas idiot, admit Antoine.

— Ça va quand même être juste avec ce qui reste, calcula mentalement Canard.

— On évitera le caviar et le champagne.

Le regard de Jean-Jacques tomba alors sur Julien étalé en travers du lit, bouche ouverte, son pantalon souillé d'urine.

— On va profiter qu'il pionce pour lui raser la moustache, déclara-t-il de but en blanc. J'ai ce qu'il faut dans mon sac.

Antoine ne put s'empêcher de critiquer le rasoir jetable en plastique et la bombe de mousse aux parabens. Jean-Jacques le somma de fermer sa gueule, et, avec d'infinies précautions, entreprit de débarrasser Julien de l'épaisse touffe de poils gris qui le faisait ressembler à un paysan d'antan.

— Incroyable, qu'il ait rien senti ! s'exclama Antoine, une fois l'opération achevée.

— Merci la Leprolazamine ! ajouta Canard.

— Il n'a rien senti, mais qu'est-ce qu'il pue ! lança Jean-Jacques.

Son jeu de mots passa inaperçu auprès de ses acolytes, moins affûtés, côté cérébral. Ils entreprirent de déshabiller le vieil homme et le plongèrent dans la baignoire sans qu'il s'éveillât. Une fois lavé, séché, enveloppé dans un peignoir de l'hôtel et coiffé de la moumoute noire, ils purent constater à quel point il ressemblait à son frère Thibault. C'était même hallucinant.

— Qu'est-ce que je vous avais dit ! triompha Canard. C'est son clone !

Rassérénés, ils se reprirent à croire au succès de leur folle entreprise et commandèrent un petit déjeuner royal dont Canard signa la note « Olufsen » en ricanant : pourquoi se priver, puisqu'ils ne paieraient jamais ?

*

Avant d'arriver aux Cyprès, le capitaine Bourcadieu, Yolande de son prénom, prit le temps de s'arrêter et de respirer les effluves de la campagne. Fervente spectatrice d'émissions culinaires, s'activant elle-même aux fourneaux dès qu'elle en avait le loisir, elle crut déceler des parfums de sauge, de sarriette et de thym, encore qu'elle ne fût pas sûre pour la sarriette, des herbes déshydratées dans un flacon, ce n'est pas la même chose qu'en pleine nature.

— On y va, mon capitaine ? s'impatienta le lieutenant Wilmers, qui faisait office de chauffeur.

— Un instant, répondit Yolande, je m'imprègne. L'atmosphère des lieux, c'est primordial dans les affaires criminelles.

Le lieutenant soupira discrètement, habitué aux petites lubies de sa supérieure. Le fugitif, songeait Yolande, l'assassin, car c'était probablement une seule et même personne, se dissimulait quelque part dans ce paysage un peu austère où les verts déclinaient une palette subtile. À moins qu'il n'ait volé un véhicule ou fait de l'autostop, auquel cas il faudrait lancer un appel à témoins.

Une fois bien imprégnée, le capitaine remonta à bord de la camionnette, vérifia qu'aucune poussière ne souillait ses souliers ou son uniforme, et rangea coquettement sous son calot une mèche indisciplinée. Yolande était soucieuse de son image, aimant à dégager une impression à la fois rassurante et autoritaire.

Lorsqu'elle sonna à l'entrée des Cyprès, le gardien lui apprit que Mme la directrice était accaparée par ses responsabilités et par le téléphone ; il s'offrit à conduire madame et messieurs les gendarmes à la chambre numéro 4, où rien, s'empressa-t-il de préciser, n'avait été touché ou déplacé.

Tandis que le capitaine, ganté de fin latex, se penchait sur le corps sans vie de Maryse, Mme Favraud écoutait Thibault Dastry, hors de lui, l'agonir d'injures au nombre desquelles « vieille toupie incompétente » la blessa cruellement. Une fois sa colère épuisée, le milliardaire déclara d'un ton las :

— Vous ne croyez tout de même pas que mon frère ait pu tuer cette malheureuse infirmière !

— De sang-froid, certainement pas, monsieur Dastry. Ce doit être un accident. C'est la seule explication possible.

— Ce n'était pas une question, madame Favraud ! Je vous affirme que mon frère n'a pas tué cette femme, qu'il ne peut tuer personne ! Julien est un être pur et innocent. Une victime.

— Absolument, monsieur Dastry.

— Voilà donc comment vous devrez présenter la chose aux enquêteurs quand ils vous poseront la question. C'est bien clair ?

— Tout à fait, monsieur Dastry.

— Quel est le médecin qui le suit ?

— Le Dr Cambouilhaud.

— Vous ne le féliciterez pas ! Mon frère devrait recevoir un traitement qui nous mette à l'abri de tels incidents. Quoi qu'il en soit, je veux que ce médecin rende exactement le même son de cloche : Julien Dastry est tout sauf un *serial killer* ! C'est le Ravi de la crèche !

— Le Ravi de la crèche, oui, c'est très parlant, monsieur Dastry. Poétique, si je puis me permettre.

— Je suis actuellement à Shanghaï, mais je vais rentrer dès que possible. D'ici là, je ne veux aucune fuite vers la presse. S'il doit y en avoir, je les organiserai moi-même. Tenez votre personnel. Menacez-les, achetez-les, ça m'est égal, mais si un seul journaliste non accrédité par mes soins se pointe aux Cyprès avant mon arrivée, je vous en tiendrai pour responsable et je vous briserai les reins ! Nous sommes bien d'accord ?

— Je ferai mon possible, monsieur Dastry.

— Non ! Vous ferez l'impossible ! C'est ce que j'exige de mes collaborateurs.

— Entendu, monsieur Dastry, répondit la directrice, sottement flattée que le milliardaire l'assimile à son personnel.

À Shanghaï, lorsque Thibault Dastry coupa la communication, il était blême. En quelques mots, il résuma la situation à l'élégant Edgar, son conseiller, son bras droit, son souffre-douleur.

— Jusqu'ici, Julien n'avait jamais représenté un problème sérieux, soupira le milliardaire. Il était, tout au plus, une contrariété. Et voilà qu'il choisit de faire le zouave au moment où je suis attaqué de toutes parts, montré du doigt, vilipendé, sali par une certaine presse sous prétexte que l'on me trouve trop riche. Ça ne peut pas être une coïncidence, Edgar !

— Certainement pas, Thibault.

— On aura poussé Julien à me nuire. On l'a manipulé, instrumentalisé, je ne vois que ça ! Avec un être aussi faible et démuni, ce n'est pas difficile…

— Mais… Euh… Vous croyez votre pauvre frère capable d'étrangler une femme ? risqua Edgar.

— Elle a été étranglée ?

— Comment ? Ah non, je… Je ne sais pas. Mais c'est comme ça qu'on assassine les femmes, en général ? Non ?

Thibault jeta à son conseiller un regard navré avant de se souvenir qu'on n'étudiait pas la criminologie à HEC.

— Cette histoire est une catastrophe, une catastrophe !

— Certes.

— Mais nous en avons connu d'autres, Edgar ! Nous nous sommes battus et nous les avons surmontées, n'est-ce pas ?

— Tout à fait, Thibault.

— Appelez-moi Raoul et faites préparer le Falcon. Nous rentrons.

— Notre pilote se prénomme Stéphane…

— Je sais bien qu'il s'appelle Stéphane.

— Apparemment pas. Vous l'avez appelé Raoul.

— Non, Raoul, c'est le ministre de l'Intérieur.

— Oh ! Au temps pour moi.

— Nous étions dans la même promotion, en 1973. C'est un ami. Il me semblait l'avoir déjà mentionné.

— Certainement, Thibault. Cela m'était sorti de la tête. Euh… Pour les contrats, que fait-on ?

— Les contrats attendront.

L'homme d'affaires ajouta, avec un fin sourire :

— Ce départ précipité déstabilisera complètement nos interlocuteurs chinois. Au final, on y gagnera certainement quelque chose.

# 10

En attendant le légiste et les types de la STICG[1], le capitaine Bourcadieu entreprit d'interroger Agathe et les autres infirmières. Elle n'en tira rien de plus utile que des ragots sur la vie sentimentale et sexuelle de Maryse, et se demanda si elles auraient cancané avec une telle décontraction devant un gendarme mâle.

Mme Favraud arriva enfin, essoufflée, rougissante, s'excusant d'avoir été aussi longtemps au téléphone, mais, n'est-ce pas, elle s'entretenait avec Mr Dastry, qui se trouvait à l'autre bout du monde, à Shanghaï, pour ses affaires. Elle en avait plein la bouche de son Dastry, de Shanghaï et de ses affaires.

— Est-ce que vous parlez, par hasard, de Thibault Dastry, le milliardaire ? finit par s'enquérir Yolande.

— Tout à fait, capitaine. La victime est son frère.

— Vous voulez dire sa sœur ?

— Non, non. Le monsieur de la chambre numéro 4, celui qui a disparu, c'est Julien Dastry, le frère jumeau de Thibault.

1. Section technique d'investigation criminelle de la gendarmerie.

— Thibault Dastry a un frère jumeau ? s'étonna le lieutenant Wilmers. Depuis quand ?

— Depuis toujours, lieutenant. Un jumeau…

— Oh. Oui. Je vois.

— C'est un secret bien gardé et il doit continuer de l'être. Mr Dastry a insisté sur ce point, précisa Mme Favraud.

— Je ne vous suis pas, reprit le capitaine : pourquoi qualifiez-vous Julien Dastry de victime ? La victime, c'est l'infirmière qui a perdu la vie ! Et ce Julien qui a disparu pourrait bien être l'assassin !

— Impossible ! s'indigna Mme Favraud, fidèle à la promesse qu'elle venait de faire au milliardaire. Tout à fait impossible. Julien est le plus gentil, le plus inoffensif de nos résidents !

— D'après vous, il ne peut donc pas avoir tué cette jeune femme ?

— C'est exclu.

— Même accidentellement ?

— Julien est un être doux et paisible. Pas toujours facile, mais doux et paisible.

— Les dingos, des fois, ils ne connaissent pas leur force, fit observer le lieutenant Wilmers.

— Julien n'est pas un dingo ! s'indigna la directrice. Il est simplement comme… comme… le Ravi de la crèche !

— Qui c'est, celui-là ? s'enquit Wilmers, méfiant.

— Je vous expliquerai plus tard, lieutenant, dit le capitaine. Madame Favraud ? On n'est pas hébergé dans votre établissement sans raison. De quoi souffre Julien Dastry, exactement ?

— Eh bien, il n'est pas tout à fait normal. Un peu retardé, je dirais. Mais je le crois incapable de la moindre violence, de la moindre méchanceté. Le

Dr Cambouilhaud, qui le suit actuellement, vous le confirmera certainement.

— Vous avez envoyé un médecin sur ses traces ? s'étonna le lieutenant.

— Un médecin suit un patient, lieutenant, c'est l'expression consacrée, soupira le capitaine. Bien. J'aimerais m'entretenir aussi rapidement que possible avec ce Dr Cambouilhaud. Il est ici ?

— Non, malheureusement il m'a appelée très tôt ce matin pour m'informer qu'il était souffrant.

— Tiens donc ! fit Yolande, qui estimait la coïncidence pour le moins troublante. Donnez-moi son adresse !

Elle fut interrompue par la sonnerie de son portable. Au raidissement général de sa personne, il était aisé de comprendre qu'un supérieur hiérarchique s'adressait à elle sur un ton sans réplique.

« Oui, mon colonel, bien mon colonel ! » furent les seuls mots qu'elle prononça avant de refermer le clapet de l'appareil et de le ranger dans sa poche. Encore secouée, elle épongea la sueur qui perlait à son front avec un mouchoir qu'elle glissa ensuite dans la manche de son uniforme.

— Nous marchons sur des œufs, murmura-t-elle, avec toutes ces grosses légumes… Madame Favraud ? Avez-vous une idée de la direction que Julien Dastry a pu prendre ? De l'endroit où il pourrait se cacher ?

— Malheureusement non. Il est un peu… disons : imprévisible…

— Lieutenant, appelez-moi la brigade cynophile ! lança le capitaine.

— Tout de suite, mon capitaine.

La directrice frissonna. Elle ignorait ce qu'était une brigade cynophile, mais à l'instar de « pédophile », ce terme hérissé de racines grecques ne présageait rien de bon. Un autre gendarme fit alors irruption pour informer le capitaine que le circuit des caméras de vidéosurveillance avait été coupé la veille à 20 h 03, rallumé à 22 h 12.

— On est en droit de supposer que la jeune femme a été tuée dans cette plage horaire, dit Yolande. Vous croyez Julien Dastry assez futé pour penser à couper les caméras ?

— Certainement pas ! s'empressa de répondre la directrice. Certainement pas ! C'est un être innocent…

— Vous me l'avez déjà dit, madame Favraud. Quelqu'un, pourtant, a coupé le courant. Qui est responsable de la vidéosurveillance ?

— Hier soir, c'était Coffie.

— Amenez-moi Coffie, je veux lui parler. À moins qu'il ne se soit fait porter pâle, lui aussi ?

Épuisée par la tension nerveuse, Mme Favraud pouffa.

— Je ne vois pas ce que j'ai dit de drôle ?

— Coffie est noir comme le charbon, capitaine, c'est pour ça que je ris. Euh… Bon, je… Je vais vous le chercher, assura-t-elle, après avoir longuement toussoté sous le regard glacial du capitaine.

*

Assis sur le bord du lit, l'air égaré, Julien Dastry promenait les doigts sur son visage glabre. De grosses larmes roulaient sur ses joues.

— On m'a volé ma moustache !

— Mais non, papy, on ne te l'a pas volée, répondit Jean-Jacques d'une voix apaisante.

Il avait remis sa blouse blanche. Grâce à un petit déjeuner roboratif et à une poignée d'amphets distribuée par Canard, il avait récupéré et commençait à se sentir à l'aise dans son rôle de thérapeute.

— Si, si ! On me l'a volée ! gémit Julien.

— Elle est tombée pendant la nuit, assura Jean-Jacques. On l'a retrouvée sur ton oreiller. On aurait dû la garder pour te la montrer, mais la femme de ménage l'a emportée. On ne peut pas lui en vouloir, elle ne fait que son travail.

— Elle est tombée ? demanda Julien, méfiant.

— Voilà.

— Mais elle est tombée comment ? Elle tenait bien…

— Elle est tombée comme… Comme les feuilles des arbres, en automne, tu vois ?

— Ooooh…

Antoine et Canard, qui observaient la scène du seuil de la chambre voisine, estimèrent que Jean-Jacques s'en sortait habilement. C'était un peu comme avec un chien, en fin de compte : une fois qu'on l'a mis en confiance, il est facile de s'en faire obéir. Jean-Jacques invita Julien à se lever et le conduisit devant le miroir de la penderie.

— Regarde-toi. T'es beau, sans moustache.

— Je suis beau ?

— Mais oui. Très beau.

Jean-Jacques profita de l'instant pour poser la perruque sur le crâne de Julien.

— Qu'est-ce que tu en penses ?

Julien resta longtemps silencieux devant son reflet avant de lancer :

— On dirait mon frère !

Jean-Jacques tressaillit. On allait aborder le cœur du sujet.

— Tu l'aimes bien, ton frère ?

— Oui, je l'aime bien. Il est gentil, Thibault. Il me donne des puzzles.

— Tu dois être content de lui ressembler, reprit Jean-Jacques.

— Oui, je suis bien content.

— Si tu mettais, comme lui, un costume et une cravate, tu lui ressemblerais encore plus.

Julien ne répondit pas. Jean-Jacques lui tendit une paire de chaussettes et un caleçon. L'une et l'autre lui appartenaient.

— Il faut s'habiller, maintenant.

— C'est pas mon caleçon.

— Je sais bien que ce n'est pas ton caleçon, mais on n'en a pas d'autre sous la main.

— Mon caleçon, il est rayé. Bleu et blanc. Avec une fine ligne rouge. Bleu et blanc. Avec une fine ligne rouge. Bleu et blanc. Avec une fine ligne…

— Ça va, Julien ! On a compris. Mais il faut mettre celui-là en attendant.

— Non. Je veux mon caleçon. Bleu et blanc. Avec une fine ligne rouge.

— Il est joli aussi, celui que je te propose.

— Oui, mais c'est pas mon caleçon. Je veux mon caleçon ! se mit à gueuler Julien.

— Du calme, Julien, du calme. Regarde ! dit Jean-Jacques en ouvrant la porte de la salle de bains, il est là. Il sèche, ton foutu caleçon.

— C'est mon caleçon !

— Oui. On l'a lavé. Mais il est encore mouillé. Il faut mettre celui-là en attendant.

Chaque vêtement fut à son tour l'objet d'une longue et pénible transaction. La chemise unie, en particulier, achetée à Montpellier en même temps que les costumes. Mais avait-on jamais vu un P-DG affublé d'une chemise à carreaux ? Une fois vêtu du trois-pièces gris, une cravate bordeaux autour du cou, Julien ressemblait tellement à Thibault qu'Antoine et Canard ne purent se retenir d'applaudir. Sans comprendre les raisons de leur enthousiasme mais gagné par leur bonne humeur, le vieil homme se mit, lui aussi, à frapper dans ses mains. Dans le mouvement, la perruque lui glissa sur le front.

— Il va falloir trouver le moyen de la coller, observa Antoine.

*

Dans la chambre numéro 4, les techniciens de la STICG photographiaient, prélevaient, mesuraient, saupoudraient. Pas un centimètre carré n'échappait à leur attention et leur butin, objets disparates scellés sous plastique, grossissait d'heure en heure.

Parallèlement, Dexter, berger allemand au flair exercé, humait consciencieusement les chaussons de Julien Dastry. Une fois le fumet stocké dans sa mémoire olfactive, il tira sur sa laisse, impatient de montrer aux hommes en bleu qui le choyaient et le nourrissaient de quoi il était capable, nom d'un chien ! Les gendarmes de la brigade cynophile le suivirent dans le parc. Ça sentait fort le blaireau, mais Dexter résista héroïquement à la tentation d'aller saccager le terrier. Il passa à travers le grillage déchiré, un travail de sagouin grossièrement exécuté à la pince, notèrent au passage les gendarmes. Truffe au vent, Dexter tourna un moment sur lui-même puis fonça subitement au cœur des fourrés et lança le jappement bref qui voulait dire : « J'ai trouvé ! » Les hommes de la brigade cynophile échangèrent des regards ravis. Ce Dexter, tout de même, quel limier ! La découverte de la grosse valise rose les déçut, ils auraient préféré un corps. Le chien reprit sa quête tandis que les gars du

STICG rappliquaient sur les lieux de sa découverte. Mais très vite, l'animal se figea avant de s'allonger tristement au milieu du chemin, son long museau noir reposant sur ses pattes antérieures croisées, signe que la piste s'arrêtait là. Le type aux chaussons odorants était monté à bord d'une voiture qui, certainement, l'attendait. Les cadors de la STICG avaient encore de quoi s'occuper entre d'hypothétiques empreintes de pneus ou une providentielle fuite d'huile, encore qu'aujourd'hui, les voitures perdissent de moins en moins de fluides, même les anglaises. Mais les trouvailles de Dexter rendaient caduque la thèse de la fugue d'un patient dérangé, suite à l'assassinat, délibéré ou accidentel, d'une infirmière. Les déclarations de Coffie, qui s'était rendu compte assez tardivement qu'on avait coupé le disjoncteur de la vidéosurveillance, tendaient également à innocenter Julien Dastry puisqu'il fallait connaître un peu le tableau électrique pour y parvenir et, surtout, en posséder la clé. Il semblait donc que l'on fût confronté soit à une évasion organisée, soit à un enlèvement assorti d'un meurtre. Dans les deux cas, considérant que le patient disparu n'était pas le premier venu, la gendarmerie n'y suffirait pas – au grand dam du capitaine Bourcadieu qui, une fois au cours de sa carrière, aurait aimé résoudre seule une belle enquête criminelle.

*

Julien faisait maintenant de louables efforts pour comprendre : s'il était dans sa chambre, pourquoi avait-on changé le dessin et la couleur de la moquette ? Pourquoi avait-il des cheveux noirs comme son frère, qui les teignait ? Ils poussaient blanc à la racine, il l'avait remarqué, les détails, c'était son fort. Pourquoi les infirmiers n'étaient-ils pas ceux dont il avait l'habitude ? Où était Maryse ? Était-ce à cause de ces choses qu'elle avait faites avec le garçon tatoué qu'il ne la voyait plus ? Avait-elle été punie pour ça ? Et puis où étaient passés sa moustache, ses chemises à carreaux et ses autres caleçons ? Caleçon était un mot rigolo. Ça ressemblait à colimaçon. Un colimaçon, c'est un escargot. Quand il était petit, Thibault les écrasait sous son talon. Il n'aimait pas les animaux. Julien, lui, faisait très attention à ne pas leur faire de mal. Pourquoi n'était-il plus dans sa chambre ? Qu'avait fait Maryse avec l'infirmier tatoué ? Ces questions sans réponse tourbillonnaient comme un essaim de frelons dans son esprit, de plus en plus vite. Julien se souvint que le Dr Cambouilhaud lui avait recommandé, lorsque cela se produisait, de se concentrer sur une des activités qu'il affectionnait. Il réclama son puzzle.

— J'ai un autre jeu à te proposer, répondit Jean-Jacques.

— Je veux mon puzzle.

— D'accord, d'accord. Tu l'auras. Mais d'abord, j'aimerais que tu me montres comment tu signes ton nom.

Jean-Jacques posa sur le bureau, devant Julien, un stylo bille et un bloc de papier. Après un moment d'hésitation, Julien écrivit son prénom en grandes lettres bâtons un peu tremblées.

— C'est très bien ! bêtifia Jean-Jacques. Très bien. Maintenant j'aimerais que tu regardes ça attentivement.

Il s'agissait du modèle de la signature de Thibault Dastry, légèrement agrandi à la photocopieuse. Le « D » se gonflait comme un spi, le « Y » était pourvu d'un long flagelle, mais ça ne paraissait pas trop difficile à imiter.

— Vas-y, papy ! À toi de jouer !

Julien prit le stylo et le fit longuement rouler entre ses doigts.

— Allez ! Je suis sûr que tu peux y arriver.

Julien aurait aimé faire plaisir à l'infirmier, mais une force extérieure semblait retenir sa main, engourdissait ses doigts, le paralysait. Il se mit à suer.

— Une p'tite signature s'il te plaît ! insista Jean-Jacques en griffant l'air du bout du doigt.

— Je veux mon puzzle, murmura Julien.

— Qu'est-ce que t'as dit ?

— Mon puzzle, répéta-t-il un peu plus fort.

— Attention papy ! On ne s'est pas compris là ! Pas de signature, pas de puzzle.

— Je veux mon puzzle, je veux mon puzzle, je veux mon puzzle, se mit à psalmodier Julien, de plus en plus fort, en se livrant à son balancement mécanique.

— Putain ! Merde ! Je ne supporte pas quand il fait ça ! explosa Jean-Jacques.

Le gros mot provoqua l'impact habituel, Julien passa aux hululements.

— Il va ameuter tout l'hôtel ! s'inquiéta Antoine.

— File-lui cinq millilitres de n'importe quoi, sinon je lui tape dessus ! lança Jean-Jacques à Canard.

Canard obtempéra, et Julien s'affaissa bientôt sur lui-même comme un sac de grain crevé.

— Je crois qu'on n'y coupera pas, maugréa Jean-Jacques en lui jetant un regard écœuré.

— À quoi ?

— À son foutu puzzle !

— Mille cinq cents pièces minimum, dit Canard.

— Tu peux nous trouver ça ? demanda Jean-Jacques à Antoine.

— Vous trouver quoi ?

— Un puzzle de mille cinq cents pièces, tête de bite !

— Vous croyez qu'ils ont ça à Ferney-Voltaire ?

— Comment veux-tu que je sache ? Cherche !

— D'accord. Mais y m'faut du fric ! déclara Antoine.

D'un doigt réticent, Canard détacha deux billets de vingt de la dernière liasse qui leur restât.

— Tu crois que ça va suffire ? C'est cher les puzzles !

En soupirant, Canard rajouta deux autres billets.

— T'as intérêt à rapporter la monnaie.

— Ça va, ça va... Mais j'ai pas compris ? Pourquoi vous voulez à tout prix qu'il fasse un puzzle, le gogol ?

— Ce sera la carotte, daigna expliquer Jean-Jacques.

— La carotte ?

— Celle qui fait avancer le bourricot. Et ne me demande pas « Quel bourricot ? » sinon je te fous mon poing sur la gueule ! S'il nous fait de belles signatures, il pourra faire joujou tant qu'il voudra avec son foutu puzzle.

— Ah, d'accord. Malin !

— Merci.

Une fois Antoine parti, Jean-Jacques se tourna vers Canard.

— Il est vraiment lourd, des fois.

— C'est pas sa faute. Il est né comme ça.

— Je parlais d'Antoine.

— C'est vrai qu'il est con, aussi, Antoine.

Ils rirent de connivence, heureux de se sentir supérieurs. Dans son sommeil chimique, Julien lâcha un pet sonore, et le fou rire les gagna.

# 11

Le Falcon 7X fendait les airs à 900 km/h lorsque Thibault Dastry reçut un appel de son cher ami Raoul, présentement ministre de l'Intérieur, qui tenait à l'avertir en personne des derniers développements de l'affaire. Fort de ces informations, le milliardaire réveilla Edgar, qui s'était assoupi, pour lui faire part de ses réflexions.

— C'est exactement ce que je pensais ! Mon frère n'a rien à voir avec la mort de cette infirmière. Il serait incapable de faire du mal à une mouche !

— Tant mieux, Thibault, tant mieux. C'est un immense soulagement. Mais alors que s'est-il passé ? Une évasion organisée ?

— Avec quelles complicités, je vous le demande ? Julien n'a pas d'amis. Non, je crains fort qu'on ne l'ait enlevé pour me réclamer une rançon.

La paierez-vous ? faillit demander Edgar.

Il préféra, néanmoins, garder cette question pour lui.

— Une rançon ou pire, ajouta sombrement Thibault Dastry. Quelque chantage ignoble. Mais vous me connaissez, Edgar, je ne céderai pas !

— Certainement, Thibault.

— Enfants, nous étions assez proches, Julien et moi, reprit alors le milliardaire, en veine de confidences. Nous parvenions à jouer ensemble, je comprenais ses désirs, son langage, j'étais le seul à pouvoir le calmer quand il avait ses crises. Il me suivait comme un petit chien, m'admirait, tentait de copier le moindre de mes gestes… C'était à la fois touchant et exaspérant. Ensuite, bien sûr, j'ai été moins disponible, les études me prenaient beaucoup de mon temps et Julien a été placé en institution. C'était tout de même mieux pour lui. Et pour nos parents, qui recevaient beaucoup… S'il s'avère qu'il a été kidnappé, lança soudain Thibault Dastry, dont le masque se durcit, les ordures qui s'en sont prises à lui le paieront de leur vie, ça je vous l'affirme ! Quoi ? Ne me regardez pas comme ça, Edgar ! Je sais aussi bien que vous que la peine de mort a été abolie. Seulement j'ai la chance de pouvoir me payer, en toute impunité, les services d'un professionnel ! Je parle sous le coup de l'émotion, bien entendu. Mais tout de même, s'attaquer à un être innocent comme Julien, c'est d'une telle lâcheté…

Stéphane, le pilote, les informa alors que l'on survolait l'Arabie saoudite. Un pays où l'on décapitait encore les criminels au sabre, songea Edgar, en frémissant.

*

Antoine se rendit compte très vite que ce n'était pas à FerneyVoltaire qu'il allait trouver un puzzle de mille cinq cents pièces.

Sur le conseil du buraliste auquel il avait exposé son problème, il prit le bus pour Genève.

Natif de Cussingeac, brièvement employé à Saint-Hippolyte-du-Fort, Antoine n'était sorti de sa région que pour participer à des manifs. De Lyon, de Paris, de Strasbourg où il avait eu l'occasion de se rendre en car avec d'autres militants, il n'avait vu, étant de taille modeste et toujours au cœur du cortège, qu'une houle de dos et d'épaules. Les pancartes, fièrement brandies, lui cachaient les monuments et, en fin de journée, ses yeux irrités par les gaz lacrymogènes ne distinguaient plus grand-chose.

Débarquant à Genève avec pour seul objectif l'achat d'un puzzle, Antoine, pour la première fois de son existence, se sentit l'âme d'un touriste. Tout le surprit, tout l'émerveilla : l'élégant et puissant jet d'eau, les cygnes et les bateaux à vapeur immaculés qui se balançaient sur les eaux bleues du lac. Et l'opulence générale. Jamais il n'avait vu de bâtiments aussi cossus, de limousines aussi confortables, d'habitants aussi prospères. Il aperçut, sortant d'un hôtel chic, des femmes entièrement voilées de noir, des hommes barbus et enturbannés. Même les immigrés sont pleins aux as, dans ce pays ! songea-t-il. Attiré par les vitrines comme une phalène par la lumière, Antoine bava longuement devant les montres, toutes plus belles, toutes plus chères les unes que les autres. Lorsqu'il aurait touché sa part de butin, il se promit de s'en offrir une. Une Vacheron-Constantin, une Piaget ou une Audemars-Piguet à mouvement perpétuel. La montre, pour autant qu'elle ne fonctionnât pas à l'aide d'une pile, était l'une des rares créations de la technologie moderne à ne pas être en contradiction avec ses valeurs écologiques : elle ne polluait pas et favorisait l'emploi local. L'acheter dans le pays même où elle était fabriquée serait en plus un acte citoyen. Empreinte carbone irréprochable.

Le long d'une rue où tintinnabulaient des trams, ce qu'il prit pour le fronton d'un tribunal se révéla être l'entrée d'une banque. Antoine fut impressionné par les blocs de granit énormes qui formaient la base de l'édifice, par les lourdes portes de bronze, par les colonnes massives qui soutenaient les architraves. Quel dieu puissant était l'argent pour qu'on lui consacre de tels temples, s'étonna-t-il, emporté par un élan lyrique dont il n'était pas coutumier. Il tenta de se souvenir du nom de la banque qu'ils étaient censés ponctionner de quelques millions d'euros d'ici vingt-quatre heures, mais n'y parvint pas et souhaita qu'elle fût moins intimidante que celle qu'il venait de voir.

Ce n'était toutefois pas dans ces luxueuses boutiques qu'il allait trouver un puzzle de mille cinq cents pièces. Ne sachant où aller, Antoine aborda une passante à l'arrêt du tram. Croyant qu'il mendiait, elle eut d'abord un mouvement de recul, mais lorsqu'il déclara qu'il cherchait les grands magasins, elle lui en indiqua la direction avec un sourire aimable et un charmant accent. Le sens de l'orientation n'étant pas, on l'a vu, le point fort d'Antoine, il échoua dans le quartier des Pâquis, où l'ambiance était nettement moins sophistiquée. Les voitures garées le long des trottoirs étaient des modèles ordinaires, certaines étaient même sales et cabossées, quant aux commerces, ils vendaient d'honnêtes marchandises, à la portée d'à peu près toutes les bourses.

S'agissant de bourses, précisément, celles d'Antoine le lancinaient sérieusement depuis qu'il arpentait les trottoirs genevois. Au cours des dernières années, peu de femmes s'étaient risquées jusqu'à sa caravane, aucune n'y était restée pour la nuit. Antoine avait fini par s'accoutumer à l'absence de sexe, et l'isolement relatif dans lequel il vivait le préservait des tentations. Mais lâché dans cette grande ville où il avait déjà croisé, en deux heures, plus de créatures excitantes qu'en deux ans à Cussingeac, une irrésistible envie de niquer l'avait envahi. S'il ne baisait dans l'heure, il allait péter une durite. Ses jambes en tremblaient, la tête lui tournait. Avisant un bar d'apparence modeste, il y entra et commanda une bière. Le garçon de café avait l'âge d'être son père, un long visage chevalin et résigné, qui inspirait confiance. N'osant pas demander crûment s'il y avait des putes dans le secteur, Antoine crut bon d'user de périphrases :

— J'aurais bien besoin d'un petit massage, déclara-t-il en soupirant exagérément. Je me sens raide…

Devant l'absence de réaction du garçon, il précisa :

— Il n'y aurait pas, des fois, un salon dans le coin ?

— Un salon, monsieur ?

— Un salon de massage. Vous voyez ce que je veux dire ?

Le garçon de café le contempla longuement avant de déclarer d'un ton neutre :

— Si ce sont des prostituées que vous cherchez, monsieur, il y a tout ce qu'il faut dans la rue voisine.

Antoine s'y rendit et eut l'heureuse surprise de découvrir quelques filles qui s'offraient dans des vitrines à peine plus vastes et nettement moins propres que celles des horlogers-bijoutiers du centre. Négligeant deux blondes maigres que les néons faisaient paraître blafardes, il arrêta son choix sur une Africaine vêtue d'une courte robe rouge. Sa peau, d'un noir tirant sur le violet, avait des reflets brillants et paraissait d'une douceur exceptionnelle. Ses cuisses, ses seins et ses fesses étaient des morceaux de roi qui n'étaient pas sans lui rappeler les formes opulentes de Birgit Olufsen. Elle n'était certainement pas plus chère que les deux anorexiques. Pour se déculpabiliser, Antoine songea qu'il allait contribuer au bien-être de sa nombreuse famille restée au pays. La prostituée tirait carrément la gueule, mais bon, il comprenait, compatissait même ; pour ces femmes-là, ça n'est pas drôle tous les jours. Surtout si loin de chez soi.

— Vous n'êtes pas d'ici ? hasarda-t-il pour engager la conversation.

Elle lui adressa, en guise de réponse, un regard à cintrer une clé à molette, aussi se contenta-t-il de demander le tarif.

— C'est cinquante francs, annonça-t-elle.

— Je n'ai que des euros, précisa Antoine, qui ignorait le taux de change.

Il tendit trois billets de vingt, qu'elle escamota en disant « ça ira » comme si elle lui accordait une largesse. Elle tira le rideau qui isolait la vitrine de la rue et l'entraîna vers une alcôve qui avait les dimensions d'un placard.

— C'est quoi, votre petit nom ? demanda Antoine, résolu à humaniser leur relation.

— Ghislaine.

Antoine fut déçu, il aurait préféré quelque chose de plus exotique. Elle s'abstint de lui retourner la question. Elle s'en foutait, bien sûr, du nom de ses clients. Avec des mouvements las, elle se défit de sa robe et dégrafa son soutien-gorge. Ses seins croulèrent en lourde avalanche sur les replis de son abdomen. Elle avait, au-dessus des hanches, des bourrelets lisses comme des chambres à air de poids lourd, et l'image d'un hippopotame s'imposa, très inopportunément, à Antoine. Il fit de son mieux pour la chasser de son esprit tandis qu'elle faisait glisser le zip de sa braguette, ses gros doigts tâtonnant à la recherche d'un sexe tellement recroquevillé qu'elle eut peine à le dénicher.

Allons ! s'exhorta Antoine in petto. Du nerf !

Mais l'organe, si fringant un peu plus tôt, demeurait sourd à ses sollicitations. Flasque et ridé, il était aussi attirant qu'un escargot mort. Ghislaine le prit néanmoins dans sa bouche. Hélas, la vue de son machin récalcitrant entre les lèvres charnues de la prostituée n'eut pas l'effet escompté et, lorsqu'elle ouvrit plus grand la bouche, découvrant deux rangées de dents espacées et solides, d'un blanc éclatant, l'angoisse de la castration se mêlant à la terreur ancestrale du cannibale acheva de torpiller la libido d'Antoine. Il se confondit en excuses, se rebraguetta hâtivement et fila sous le regard impavide de la professionnelle. Trois cognacs lui furent nécessaires pour effacer sa honte et sa frustration. Sans compter que jamais il n'oserait avouer à ses complices à quoi il avait dépensé soixante euros du pot commun. Seul moyen de se racheter : rapporter un beau puzzle. Il lui restait peu de temps et à peine quinze euros.

*

Le Dr Cambouilhaud n'avait pas fermé l'œil de la nuit, se livrant à une auto-analyse féroce : à trente-cinq ans passés, il éprouvait encore le besoin de transgresser les codes de sa caste, de désobéir à son père qui lui avait interdit jadis de « frayer » – c'était bien le mot qu'il employait, le vieux birbe – avec des enfants dont les parents n'étaient pas « comme il faut ». Car on avait, chez les Cambouilhaud, un sens aigu des convenances qui imprégnait l'attitude, le langage, l'habillement. Autant de freins à un épanouissement personnel. Des années avaient été nécessaires à Jérôme pour oser, enfin, jurer comme tout un chacun, poser les pieds sur son bureau et jeter la cravate aux orties. Le poker lui avait servi de sésame pour pénétrer – le mot n'était sans doute pas innocent – un milieu qui n'était pas le sien. Il s'y était frotté à des gens qui n'usaient pas de périphrases pour exprimer leurs désirs ou leurs sentiments et ça lui avait plu. L'énigmatique Guetart représentait pour lui une sorte de *go-between*, un truchement entre le monde policé où il évoluait et ces bas-fonds qui l'attiraient. Qu'il ait peut-être tué le rendait encore plus fascinant. Le psy se demanda ensuite ce qu'il avait espéré en proposant de l'argent à Pouchardon : certainement bien plus qu'un simple profit. Peut-être une forme de reconnaissance, en fin de compte, alors qu'il savait pertinemment qu'il était et resterait, sa vie durant, un gentil médecin de bonne famille.

En attendant, il s'était sérieusement foutu dans la merde.

Lorsqu'il appela Mme Favraud pour l'informer qu'il ne viendrait pas travailler et qu'elle lui annonça non seulement l'évasion de Julien Dastry, mais aussi l'assassinat de Maryse, il faillit se trouver mal. Elle mit son silence sur le compte de l'émotion.

Le Dr Cambouilhaud essaya aussitôt de joindre le détective pour lui communiquer ces désastreuses nouvelles et savoir s'il avait prévenu la police. Il tomba sur la boîte vocale mais n'osa pas laisser de message : il avait l'horrible impression que tout ce qu'il dirait, désormais, pourrait être retenu contre lui. Il renouvela en vain ses appels à plusieurs reprises au cours de la journée. Qu'est-ce qu'il foutait, Guetart ? Que dirait Pouchardon quand il se ferait poisser ? Le dénoncerait-il ? Qu'est-ce qu'il y gagnerait ? Toutes ces questions tourmentèrent le psy pendant les heures suivantes et il s'efforça d'y apporter des réponses.

Aussi, lorsque l'on sonna à la porte de son appartement, en fin d'après-midi, et qu'il découvrit sur son paillasson une paire de gendarmes, dont une femme plutôt gironde, il était prêt à toutes les éventualités, qu'on vienne l'arrêter, le cuisiner, ou simplement lui poser des questions de routine à propos de son patient évadé.

— Navrée de vous déranger, docteur, nous aimerions vous parler, dit le capitaine.

Le psy invita les deux gendarmes à entrer et à prendre place sur l'un des grands canapés blancs de son loft. Il ne proposa rien à boire bien qu'il eût la bouche affreusement sèche. Le capitaine nota immédiatement que le médecin avait le teint brouillé, de larges cernes sous les yeux et qu'il transpirait abondamment. Elle en fut déçue et contrariée. Elle avait espéré une grippe diplomatique qui aurait ouvert à son enquête de nouveaux horizons. Fidèle à une technique éprouvée de mise en condition des suspects, elle prit néanmoins son temps pour apprécier le moelleux des coussins et la décoration intérieure. Le médecin était manifestement amateur de design, meubles et objets avaient été choisis avec soin, tous avaient coûté cher. Le lieutenant Wilmers, pour sa part, n'avait jamais vu pareil décor qu'au cinéma. Le capitaine attaqua en douceur :

— Comment allez-vous, docteur ?

— Plutôt mal. Apprendre que la petite Maryse avait été assassinée, ça m'a fichu un coup.

— Je faisais aussi allusion à votre santé.

— Ça va un peu mieux, merci. Vous avez déjà eu des coliques néphrétiques ?

— Jamais.

— Je ne vous le souhaite pas. C'est affreusement douloureux et ça vous laisse à plat.

— Qu'est-ce que vous pouvez nous dire au sujet de Maryse ? intervint le lieutenant Wilmers, impatient d'en venir aux faits.

— C'est, ou plutôt c'était, une gentille fille. Plus intelligente et plus efficace que la moyenne.

— C'est tout ?

— Un peu saute-au-paf, si vous me passez l'expression.

— Vous en avez profité ? s'enquit le capitaine.

Le médecin avait beau avoir une mine de déterré, elle le trouvait beau garçon, distingué. Il avait des traits réguliers, virils mais sans excès. Ses cheveux étaient impeccablement coupés et même la barbe, qu'il n'avait pas rasée ce matin-là, ne parvenait pas à ternir son allure de gendre idéal. À voir l'ambiance des lieux, il était célibataire ; il devait multiplier les conquêtes.

— Nous avons un peu couché ensemble, répondit le Dr Cambouilhaud à cette question directe.

Yolande apprécia sa franchise mais n'en fut guère avancée.

— Vous allez sans doute m'expliquer que dans une enquête criminelle tout le monde doit être suspecté, reprit alors le psy. C'est normal et je n'ai aucun alibi, puisque j'étais seul chez moi hier soir. Mais vous ne pensez pas, j'espère, que je sois mêlé à ces tragiques événements ?

En prononçant cette dernière phrase, il planta son regard droit dans les yeux noisette du capitaine, qui ne put s'empêcher d'en être agréablement troublée. Tout en s'interdisant la moindre sympathie pour ce jeune et séduisant médecin, elle ne parvenait pas à l'imaginer en assassin. Quant à enlever Julien Dastry dans l'espoir d'une rançon, c'était tout simplement ridicule, considérant le luxe dans lequel vivait le psy. Le Dr Cambouilhaud dégringola donc tout en bas de la liste de ses suspects et elle passa la main à son adjoint.

— Pensez-vous que Mr Dastry ait pu agresser Maryse Lefèvre ?

— En aucun cas.

— Si elle avait refusé ses avances, par exemple, insista-t-il.

Le psy s'autorisa un rire bon enfant.

— Julien Dastry est dépourvu de toute libido. Neutre. Résolument asexuel.

Le gendarme conservant son expression impassible, le médecin ajouta :

— Il n'éprouve pas de désir pour l'autre sexe, si vous préférez.

— J'avais compris, merci.

— En plus, il a peur de son ombre. Il est incapable de s'en prendre physiquement à qui que ce soit. Si par extraordinaire il avait tenté de le faire, Maryse n'aurait eu aucun mal à se défendre. Dastry n'a pratiquement aucun tonus musculaire.

— C'est lié à sa maladie ?

— Il n'est pas malade à proprement parler. Son cerveau ne fonctionne pas de la même manière que le nôtre. Voilà ce qu'il faut comprendre. L'atonie dont je vous parle doit plus aux effets secondaires des médicaments qu'à autre chose.

— S'il n'est pas malade, pourquoi prend-il des médicaments ? demanda le lieutenant d'un air finaud.

— Chez ce type de patients, on essaie de maintenir une forme d'équilibre. Pour cela, il faut faire la part entre les antidépresseurs, les thymorégulateurs, et d'autres molécules dont je vous épargne la fonction et la composition chimique. C'est un exercice difficile pour le praticien. J'irais même jusqu'à dire acrobatique.

— Vous y parvenez ?

— Plutôt bien. Question de dosage et d'intuition. Puisque cela a l'air de vous intéresser, je vous recommande de lire ma thèse : « De l'usage des médicaments à visée psychotrope dans le traitement des hallucinations acoustico-verbales », c'est assez éclairant. Vous pouvez la trouver sur le site Internet de la faculté de médecine de Montpellier.

Comme pédant, il se pose là, tout de même, songea le capitaine. Elle ramena l'entretien sur un terrain plus concret :

— Selon vous, docteur, Julien Dastry s'est-il évadé ?

À moins que les deux gendarmes ne prêchassent le faux pour obtenir le vrai, ils ignoraient qui avait enlevé Julien Dastry, ce qui signifiait que Guetart, contrairement à sa promesse, n'avait pas alerté la police. Le psy vit donc, dans cette question, le moyen idéal de détourner les soupçons de Pouchardon et associés, et, par la même occasion, de sa propre personne.

— Ça lui est déjà arrivé, à plusieurs reprises, par le passé, répondit-il avec assurance. Il n'est jamais allé bien loin. Je suis certain qu'il sera vite retrouvé.

— Il y a eu meurtre, cette fois.

— C'est probablement une coïncidence. Pour des raisons que j'ignore, quelqu'un assassine cette pauvre fille, et Dastry met à profit la situation pour se faire la belle.

— Vous nous avez dit vous-même que le gars avait peur de son ombre, docteur. L'infirmière a été tuée dans sa chambre, par conséquent, il a été témoin du meurtre. Il devait être terrifié. Il paraît douteux qu'il ait eu la présence d'esprit de profiter de la situation pour s'évader.

— Je suis assez d'accord avec vous. Comprenez bien, toutefois, que Julien Dastry ne peut pas être jugé selon les critères dont vous avez l'habitude. Ses réactions sont volontiers imprévisibles, erratiques, absurdes, de notre point de vue. Il se peut très bien qu'il n'ait pas saisi la portée du drame qui se déroulait sous ses yeux, peut-être parce que son esprit s'était fixé sur un détail : une tache sur la moquette, un motif imprimé sur le tee-shirt de l'assassin, que sais-je ? Il a pu sortir de la pièce sans même s'en rendre compte et filer dans la nature simplement parce que personne ne l'arrêtait. Vous allez vite remettre la main sur lui, j'en suis certain.

— Le problème est qu'il semble être monté à bord d'une voiture qui l'attendait, dit le capitaine.

— Vous voulez dire qu'on l'a aidé à s'évader ?

— Ou, plus vraisemblablement, qu'on l'a enlevé.

— Vous savez qui ?

— Nous avons deux ADN. Mais pas encore les personnes auxquelles ils correspondent.

Yolande s'en voulut d'avoir lâché l'information, elle aurait dû garder ça pour elle, mais le Dr Cambouilhaud avait le don de vous mettre en confiance et d'obtenir les réponses dont il avait besoin. C'était son métier après tout, se dit-elle pour se dédouaner. Le psy, quant à lui, estima que ça devenait assez chaud.

— Qui voudrait kidnapper ce pauvre Julien ? soupira-t-il pour cacher son trouble.

— Sans doute des gens qui espèrent tirer beaucoup d'argent de son frère.

— À propos, docteur, c'est avec votre salaire de la clinique que vous pouvez vous offrir tout ce qui nous entoure ? demanda soudain le lieutenant Wilmers, auquel cette question brûlait les lèvres depuis qu'il était entré.

— Le fisc s'est posé récemment les mêmes questions que vous, répondit sèchement le psy. Voyez-vous, il se trouve que ma famille est assez fortunée. En plus, je joue au poker et je me défends plutôt bien. À vrai dire, je pourrais gagner ma vie uniquement avec les cartes, mais la psychiatrie me passionne.

Là-dessus, il adressa aux deux gendarmes un sourire séraphique. L'entretien était terminé.

— La prochaine fois, faites preuve d'un peu de délicatesse, reprocha Yolande au lieutenant Wilmers dès qu'ils furent dans la rue. C'était un médecin que nous interrogions, pas un petit dealer. Le lieutenant, qui n'avait pas manqué de noter l'intérêt fort peu professionnel de son chef pour le psy, se permit de ricaner in petto.

## 12

À force de demander son chemin aux passants, Antoine finit par trouver les grands magasins. Il pénétra dans le premier une demi-heure avant la fermeture. Sans se laisser distraire par la qualité et la variété de la marchandise exposée, il se rendit directement au rayon jouets.

— Un puzzle de mille cinq cents pièces ? répéta le vendeur. Mais certainement, monsieur.

Il était habillé comme un banquier et prononçait le « U » de « puzzle » comme celui de « rue ». Ouvrant un tiroir, il présenta différents modèles à Antoine : *Le Printemps* de Botticelli, une vue du mont Fuji, une autre de la baie de Naples avec, en fond de cadre, un Vésuve qui fumait benoîtement, une kermesse flamande signée d'un petit maître hollandais, un clipper dans la tempête, et pour finir la reproduction d'une affiche des années 1930 figurant un couple de skieurs agréablement stylisés.

— En quinze cents pièces, c'est tout ce que nous avons, monsieur. En deux mille pièces, je peux vous proposer…

— Non, non, c'est quinze cents, le coupa Antoine. Pas une de plus.

Il trouvait la nana de Botticelli et ses copines assez sexy, mais il estima que ça ne convenait pas à un demeuré, probablement insensible aux femmes, à moins, au contraire, que l'image ne l'incitât à se masturber frénétiquement. Pensée qui le renvoya aussitôt à sa récente et humiliante déconvenue. Il écarta donc résolument *Le Printemps*. Le clipper lui plaisait, mais parlerait-il à un homme qui avait passé sa vie entière entre les quatre murs d'une chambre d'hôpital ?

— S'agit-il d'un enfant, monsieur ? s'enquit le vendeur devant son indécision.

— Non, au contraire. C'est pour un vieux monsieur.

— S'il a une longue pratique, je vous recommanderais la kermesse flamande. Tous ces petits personnages, les détails, c'est à la fois ludique et instructif.

— Oui, mais non, dit Antoine, qui venait de repérer, au centre de l'image, deux ou trois mégères excessivement dépoitraillées.

Il écarta donc la kermesse pour les mêmes raisons inavouables que précédemment et finit par arrêter son choix sur la baie de Naples.

— Désirez-vous un paquet cadeau, monsieur ?

— Non merci.

Puis il se ravisa. Le débile serait peut-être dans de meilleures dispositions s'il avait, comme à Noël, un ruban à défaire et du papier à déchirer.

Son puzzle emballé sous le bras, Antoine prit son temps pour gagner les caisses, s'arrêtant ici ou là, feignant d'examiner un article ou un autre pour trouver un moyen de quitter le magasin sans payer.

Guetart, qui le pistait depuis Ferney-Voltaire, hocha la tête avec consternation : ce crétin aurait voulu attirer sur lui l'attention du service de sécurité qu'il ne s'y serait pas pris autrement. Antoine prit sa décision comme on saute dans le grand bain : il changea brusquement d'allure et franchit presque en courant les portes du magasin, déclenchant une alarme. Deux vigiles en costume gris convergèrent à la hâte pour le coincer dans le sas de sortie, mais, avant qu'ils n'aient compris ce qui leur arrivait, le détective les avait sonnés d'un même mouvement avec le casque de moto qu'il portait au bras. Un client porta la main à sa bouche, un autre hurla en se gardant d'intervenir. Le temps que des renforts arrivent à la rescousse, le détective s'était perdu dans la foule de la rue du Rhône. Quant à Antoine, il marchait d'un pas de sénateur vers l'arrêt du tram, content de lui, fier d'avoir aussi facilement roulé ces naïfs Genevois.

S'il avait existé un prix du comportement le plus aberrant, Guetart aurait été tenté de le donner à Antoine Percier. Passe pour le tourisme sexuel, tout le monde peut avoir envie de tirer sa crampe, mais le vol risqué du puzzle défiait toute analyse logique. À quoi jouait-il ? S'agissait-il d'une sorte de mise à l'épreuve, d'un défi infantile, d'un pari stupide ? Considérant l'âge moyen du trio, cela paraissait peu probable. Le détective tenta de changer l'angle de son raisonnement : qui dit puzzle dit patience. Qui dit patience, dit attente. Les trois comiques et le vieux qu'ils avaient embarqué se préparaient donc à une longue attente. Celle de la rançon probablement. Paisiblement installés dans un hôtel où ils s'étaient contentés de donner un faux nom ? Ça ne tenait pas debout. À moins d'être complètement cons. S'agissait-il alors de faire croire que le vieux avait été enlevé ? Pourquoi pas. Mais dans quel but ?

Le détective en était là de ses réflexions lorsque son portable sonna. C'était encore le Dr Cambouilhaud. Cette fois, Guetart décida de prendre l'appel.

— Annghrgnhon ? entendit-il.

— Je ne vous entends pas, docteur, parlez plus fort.

Encore secoué par la visite des gendarmes, le Dr Cambouilhaud appelait d'une cabine publique, une des dernières de la ville, de crainte que son portable ne fût sur écoute. Il répéta, chuchotant plus fort :

— Ah, tout de même ! Vous vous décidez enfin à répondre.

— Désolé. J'étais occupé.

— Le vieux qu'ils ont enlevé, ces trois cons, vous savez qui c'est ?

— Vous allez me l'apprendre.

— Julien Dastry.

— Dastry ? Dastry ? Comme le milliardaire ?

— Son frère jumeau.

— Pas possible !

— Et ce n'est pas tout, ils ont buté une infirmière !

— Oh, merde !

— Le crâne fracassé d'après ce qu'on m'a dit. Maintenant, je suis directement mêlé à un crime et à un kidnapping ! se lamenta le psy. Je risque dix ans pour complicité !

— Mais non, mais non, répondit distraitement le détective, qui venait d'avoir une idée aussi brillante que tordue.

Si Thibault Dastry était l'homme d'affaires pragmatique qu'il croyait, il y avait une petite fortune à se faire sur ce coup.

— Pour le moment, ils ne se doutent de rien, mais ils finiront par découvrir que j'ai avancé du fric à ces types, gémissait le psy à l'autre bout de la ligne.

— Non, docteur ! Pas à ces types. À Jean-Jacques Pouchardon.

— Quelle différence ?

— Écoutez-moi bien : Pouchardon est venu vous voir un soir à votre cabinet. Il a craqué, sa détresse vous a ému, vous lui avez donné de l'argent. Jamais vous n'auriez pu deviner à quoi il allait l'employer. D'accord ? Vous n'y êtes pour rien ! Mieux, vous êtes la victime d'un escroc ! Au même titre que ce pauvre type qu'ils ont enlevé.

— Vous croyez que ça peut tenir, comme défense ?

— Évidemment que ça peut tenir ! En plus, si jamais on devait en arriver là, c'est votre parole contre la leur, si vous voyez ce que je veux dire.

En songeant aux losers dont le détective lui avait présenté les portraits, le psy se rasséréna un peu ; il demanda à Guetart où il en était et pourquoi il n'avait pas prévenu la police.

— Ils ont fait des tours et des détours, mentit le détective, j'avais peur de les perdre. Mais j'ai pu les suivre jusqu'à une ferme isolée, au cœur du Beaujolais. Maintenant qu'ils sont là, la police n'a plus qu'à venir les cueillir. À mon avis, ils ne devraient pas tarder à réclamer une rançon…

— Appelez les flics ! coupa le psy. Plus tôt cette histoire sera terminée, mieux ce sera !

— Oui. Certainement. Vous avez raison, je vais… Je vais…

Le détective poussa alors deux ou trois cris étouffés et malmena un peu son téléphone. Il entendait le Dr Cambouilhaud gueuler, au comble de l'affolement :

— Guetart ? Guetart ? Vous m'entendez ? Qu'est-ce qu'il se passe ? Guetart ? Répondez-moi !

Doucement, il coupa la communication. Parano comme il l'était, le psy allait s'imaginer que le détective avait été surpris, assommé, peut-être même zigouillé par les kidnappeurs. Mais il aurait si peur que l'on établisse un lien entre lui et cette sordide affaire qu'il ne moufterait pas. Guetart sourit. Jusqu'ici, il l'avait finement jouée. Le plus difficile restait à faire, mais qui ne risque rien n'a rien.

Combien Thibault Dastry serait-il prêt à cracher pour revoir son frère vivant? se demanda-t-il en reprenant sa moto.

*

Le capitaine Bourcadieu exigeait que les rapports établis sous sa responsabilité fussent exemplaires. Elle corrigea en soupirant les fautes de syntaxe et d'orthographe du procès-verbal d'intervention de la brigade cynophile, à croire que le chien l'avait rédigé lui-même. Elle se plongea ensuite dans les conclusions du légiste, corroborées par les premières analyses du labo. Maryse Lefèvre, âgée de vingt-six ans, avait eu l'os pariétal enfoncé, soit en heurtant le pied du lit sur lequel des cheveux, du sang et des particules de chair avaient été trouvés, soit à la suite d'une série de chocs violents contre le sol. La paire de chaussettes brutalement enfoncée dans sa gorge avait provoqué la mort par asphyxie. Il n'y avait pas trace de violences sexuelles. Tout portait à croire que la jeune femme s'était trouvée au mauvais moment au mauvais endroit et l'avait payé de sa vie. Elle était heureusement parvenue à mordre si fort la main de son agresseur, lui arrachant un lambeau d'épiderme conséquent, que l'on disposait de l'ADN de ce dernier. Dans la terre du parc, les empreintes relevées indiquaient qu'il chaussait du 46 et portait des baskets Nike. À proximité de la voiture dans laquelle Julien Dastry était monté, selon toute probabilité, on avait retrouvé le mégot d'un pétard portant un ADN différent de celui de l'assassin. La présence même de ce joint tendait à prouver que l'on avait affaire à des amateurs, des petites frappes qui avaient cru malin de kidnapper le frère demeuré de l'un des hommes les plus puissants du pays, et qui allaient le regretter. On ne tarderait sans doute pas à connaître la marque de leur véhicule, et la chasse à l'homme pourrait commencer dans un rayon d'une centaine de kilomètres : statistiquement, les kidnappeurs ne s'éloignent jamais beaucoup du lieu de capture de leur victime. Dexter allait avoir du boulot : les maisons isolées, les granges et les cabanes de berger ne manquaient pas dans un maquis très dense. Inutile de se mentir, à moins d'une dénonciation ou d'un coup de chance, les recherches seraient longues et ardues.

On frappa à la porte du bureau.

— Entrez, dit Yolande, le nez sur son écran.

N'entendant ni le claquement de talons d'un subalterne qui salue, ni le froufrou discret du coton-polyester-élasthanne de l'uniforme, elle releva la tête. Devant elle se tenait un personnage long et maigre, enveloppé dans un trench-coat hors d'âge. La lumière de la lampe de bureau, la seule allumée dans la pièce, conférait à son visage émacié un relief théâtral. Il pouvait avoir la cinquantaine ; ses cheveux longs, grisonnants, étaient peignés en arrière. Ses yeux, d'un gris très pâle, fixaient le capitaine sans ciller, sans expression.

— Alexandre Rostopchine, se présenta-t-il, exhibant brièvement une carte de la DCRI. C'est le ministre de l'Intérieur qui m'envoie. Je suis chargé de vous assister dans votre enquête.

— Je n'ai pas été avisée…

— Écoutez, capitaine, l'interrompit-il en posant familièrement une fesse sur son bureau, compte tenu du nom de la personne disparue, cette affaire est sensible, le mot est faible. Alors oubliez les procédures, le protocole et les usages. Rien ne va se passer comme vous en avez l'habitude. Absolument rien !

Pour appuyer son propos, le mystérieux personnage sortit de sa poche un paquet de Marlboro et en alluma une à la flamme d'un briquet jetable, sans cesser de fixer Yolande, qui finit par comprendre qu'il s'agissait d'un symbole autant que d'un test. Si elle contestait l'autorité de cette espèce d'agent secret, sans doute s'arrangerait-on pour la casser. Elle frissonna et ne dit rien, bien qu'elle détestât l'odeur du tabac.

— Il n'y a aucune raison pour que ça se passe mal entre nous, capitaine, poursuivit Rostopchine d'un ton conciliant. Vous êtes une femme intelligente, moi aussi. Je veux dire, je ne suis pas idiot non plus, et dans ce genre d'affaires deux cerveaux valent mieux qu'un. Je suis là pour vous épauler discrètement, et surtout pour vous aider à ne pas vous prendre les rangers dans le tapis une fois que vous serez en présence des super-riches. Parce que j'aime autant vous dire qu'avec ces gens-là, c'est assez particulier.

— OK, murmura Yolande.

— Qui sait ? Je pourrai peut-être vous aider à coincer les coupables et tout le mérite vous en reviendra, capitaine. Car moi, je suis et je reste un homme de l'ombre. Ça vous va comme ça ? demanda Rostopchine en écrasant son mégot dans un petit cendrier de poche.

Yolande finit par serrer la main que l'autre lui tendait. Elle était sèche et ferme.

— Votre nom ? demanda-t-elle, histoire d'être aimable, c'est d'origine russe ?

— On ne peut rien vous cacher.

— J'ai l'impression de le connaître… Rostopchine ? Ce n'était pas un de ces bolcheviks…

— C'était le nom de jeune fille de la comtesse de Ségur. *Les Mémoires d'un âne*, ça vous dit peut-être quelque chose ? Nous sommes très lointainement apparentés, la comtesse et moi.

*

La petite mise en scène téléphonique du détective eut, sur le Dr Cambouilhaud, l'effet escompté : elle le plongea dans une panique totale. Il avait joué avec le feu, et il s'était salement brûlé, constata-t-il en regagnant son domicile au pas de course. Quant à Guetart, il avait sous-estimé ses adversaires. Impardonnable erreur qui lui valait maintenant d'être entre leurs mains, peut-être l'avaient-ils torturé avant de lui trancher la gorge ou de lui tirer une balle dans la nuque, ces gens-là ne reculaient devant rien, ils l'avaient amplement démontré.

— Mon Dieu, mon Dieu, mon Dieu ! gémit-il, oubliant qu'il se proclamait athée. Je l'ai envoyé à la mort !

Deux grands whiskies lui furent nécessaires pour éponger remords et culpabilité. Après un troisième verre, il estima qu'il était sage et urgent pour lui de prendre de la distance. Il avait des amis à Los Angeles, il les avisa de son arrivée imminente après avoir réservé une place sur un vol qui décollait de Roissy-Charles-de-Gaulle le lendemain à dix-sept heures. Une fois aux *States*, il pourrait se détendre, oublier cette affreuse histoire sur les plages de Hawaï ou dans les casinos de Las Vegas, selon l'inspiration du moment. Il téléphona à Mme Favraud pour l'informer de l'aggravation de son état de santé. Il avait besoin d'un long repos et ne pouvait plus assurer ses fonctions aux Cyprès. Elle lui souhaita un prompt rétablissement et lui révéla que l'enquête sur l'assassinat de Maryse et la disparition de Julien Dastry n'avait encore donné aucun résultat, ce dont le Dr Cambouilhaud se félicita. Il enregistra ensuite, sur son répondeur, un message avisant ses patients qu'il s'absentait, pour une durée indéterminée, suite à des problèmes de santé, et que sa consœur, le Dr Geneviève Hermelin, serait heureuse de les recevoir, en cas de nécessité. Il ressortit enfin l'enregistrement vidéo intitulé « J.J. Canard », le visionna, et effaça tout ce qui suivait les mots : « Je suis dos au mur. Ce coup, c'est mon dernier espoir. » Il rédigea ensuite, en capitales d'imprimerie, une courte note à l'attention du capitaine Bourcadieu : « Le personnage qui figure sur ces images est certainement impliqué dans l'assassinat du détective Francis Guetart ! » C'était, songea le psy, attendri, le moins qu'il pût faire pour la mémoire du malheureux détective. Il glissa le tout dans une enveloppe qu'il adressa à la gendarmerie et décida d'aller dormir dans un hôtel de Nîmes, pour être certain de ne pas louper son TGV, le lendemain matin.

*

De retour à Ferney-Voltaire, Guetart fit un crochet par le garage Chevergnaud & Fils, dont il avait vu la dépanneuse remorquer la Daimler.

— Revenez demain ! lui lança un mécano. On ferme !

Le détective désigna la belle Anglaise installée sur un pont.

— Je voulais juste vous demander : elle serait pas à vendre, des fois ?

— Non. Désolé.

Le mécano considéra le détective d'un œil dubitatif avant de demander :

— Vous êtes un ami à m'sieur Chevergnaud ?

— Non, pourquoi ?

— Alors, je peux vous le dire, elle a pas l'air comme ça, mais elle est grave pourrie, cette caisse. Tout est nase ! Même les longerons sont bouffés aux mites !

— Et vous la réparez quand même ?

— Comme dit le patron, quand le client est prêt à payer, faut pas le contrarier. Elle fera une bonne centaine de kilomètres avant la prochaine panne !

Content de sa blague, le mécano s'esclaffa.

*

— Qu'est-ce que t'as foutu, nom de Dieu ! hurla Canard au retour d'Antoine. Il faut pas une journée pour acheter un putain de puzzle ! Même en Suisse !

Des assiettes sales, des reliefs de nourriture et des bouteilles vides témoignaient de la façon dont ils avaient passé l'après-midi. Il flottait également dans la pièce un fort parfum de cannabis.

— Il a failli nous rendre dingues, l'autre débile ! ajouta Canard en désignant Julien, assis à demi nu sur un lit, qui chantonnait une mélopée lugubre en fixant le plafond.

Des bleus marquaient son corps et son visage.

— Vous l'avez tabassé ? s'indigna Antoine. Un vieux ?

— T'es marrant, toi. Il nous a fait tout un cirque à cause de sa chemise qui n'était pas à carreaux, expliqua Jean-Jacques. Ensuite, il a voulu aller se promener dans le parc.

— Quel parc ?

— T'es con ou quoi ? Aux Cyprès, il y a un parc. Ici non. On a eu du mal à lui faire comprendre, c'est tout.

— Vous abusez, sérieux !

— Les médocs ont plus l'air de lui faire trop d'effet, se désola Canard. Du coup, on lui a fait fumer un peu d'herbe.

— Et alors ?

— Il s'est étouffé avec la fumée, ce con… On a cru qu'il allait y passer. C'est le puzzle ? demanda-t-il en désignant le paquet cadeau qu'Antoine tenait toujours sous le bras.

— Ouais.

— Ben donnes-y.

— Tiens, mon vieux ! dit alors Antoine en s'approchant de Julien. C'est pour toi. Joyeux Noël !

Le vieil homme ne broncha pas, le regard atone.

— Tu peux l'ouvrir ! insista Antoine.

— Il ne doit pas en recevoir souvent, des cadeaux, observa Jean-Jacques. Il ne sait pas quoi faire.

Il défit lui-même le ruban, déchira le papier.

— Ooooh ! s'exclama-t-il avec une gaieté feinte. Un magnifique puzzle de mille cinq cents pièces !

— C'est Rio, non ? dit Canard en examinant l'image. Avec le pain de sucre, là.

— Mais non, c'est Naples. Avec le Vésuve qui fume.

— Qui ça ?

— Le Vésuve. C'est un volcan.

— Depuis quand y a un volcan à Naples ?

— Depuis les Romains, mec, tu devrais te tenir au courant.

Julien tendit lentement la main vers le puzzle sous le regard attendri de ses kidnappeurs. À son tour, il examina l'image.

— C'est Naples et le Mésuve, commenta Canard.

— Le Vésuve.

— Bon alors ? Il est content, Mongolito ? s'enquit Jean-Jacques.

— C'est pas mon puzzle ! cracha Julien en jetant la boîte.

Les mille cinq cents pièces tombèrent en pluie sur la moquette.

# 13

Le Falcon atterrit à Nîmes vers une heure du matin. Edgar avait réservé une suite au relais-château de Cendrars, à proximité d'Alès. Rostopchine et Yolande, très intimidée, attendaient dans la limousine qui devait les y conduire. Thibault Dastry fut un peu déçu de ne pas être accueilli par le ministre en personne, et l'eau de toilette capiteuse dont le capitaine avait cru bon d'user pour cette première rencontre l'incommodait. Toutefois, songeant aux vicissitudes que le pauvre Julien endurait peut-être aux mains de ses ravisseurs, il prit sur lui et ne laissa rien paraître de sa contrariété. Rostopchine dressa l'état des lieux :

— Nous sommes désormais certains que votre frère, monsieur, n'est pour rien dans la mort de la jeune infirmière, commença-t-il.

— Absolument, confirma le capitaine.

— C'est ce que j'ai toujours dit, pontifia le milliardaire. Julien est le meilleur des hommes.

— L'ADN retrouvé sous les ongles de la victime, qui s'est défendue contre son agresseur, est celui d'un membre du personnel : Sylvain Canard, employé aux cuisines, qui n'est pas réapparu à son poste depuis le drame. Ce garçon, que ses collègues décrivent comme

« gentil mais un peu excentrique », a fait plusieurs séjours en hôpital psychiatrique avant d'être employé aux Cyprès…

— Comment ? Vous êtes en train de me dire que le personnel des Cyprès est composé de malades mentaux ? lança Thibault Dastry, prenant Edgar à témoin. Au prix qu'on paie ! On marche sur la tête !

— Il est probable que Canard avait soigneusement dissimulé ce détail à l'embauche, monsieur. Et de fait, son travail donnait satisfaction, il n'y a jamais eu de problème, sinon de menus larcins. Toujours est-il que nous sommes désormais confrontés à deux hypothèses : soit Canard a fait évader votre frère, soit il l'a enlevé. Dans un cas comme dans l'autre, il n'a pas hésité à éliminer l'infirmière dont on peut supposer qu'elle a tenté de s'interposer.

— Pourquoi dites-vous que cet individu aurait fait « évader » Julien ? Ça n'a pas de sens ! Julien a toujours été très bien aux Cyprès !

— Il a tout de même fait plusieurs fugues, monsieur.

— Pardon ?

— Vous n'étiez pas au courant ?

— Mais non, enfin ! Des fugues ? C'est insensé ! Vous entendez ça, Edgar ?

— Je suis consterné, Thibault.

Rostopchine et le capitaine échangèrent un regard embarrassé.

— On l'a toujours retrouvé dans les vingt-quatre heures, monsieur. Sain et sauf ! s'empressa de préciser le capitaine.

— Je n'en reviens pas ! tonna le milliardaire. Non seulement cette boîte emploie n'importe qui, mais en plus les patients ne sont pas surveillés ! Elle va m'entendre, la mère Favraud ! Je m'en vais lui coller un procès au cul à cette vieille morue, elle y laissera ses panties, croyez-moi !

Yolande fut surprise et choquée. D'un homme juché au sommet de l'échelle sociale, elle attendait des propos plus mesurés, et surtout moins grossiers. Elle songea également, avec amusement, que Thibault Dastry n'avait pas dû déshabiller une femme depuis longtemps s'il pensait que les panties étaient encore de saison. Après ce bref éclat de colère, le milliardaire s'adressa à Rostopchine d'un ton courtois et radouci :

— Vous ne pensez pas que mon frère aurait pu, tout simplement, suivre ce Canard ? Il est sans malice, savez-vous ! Sans méfiance, comme un petit enfant.

— Ce n'est pas exclu, bien entendu. Mais il y a la voiture.

— Quelle voiture ?

— Une voiture attendait dans un chemin, en bordure du parc des Cyprès. Une ouverture a été grossièrement découpée dans le grillage, ce qui semble indiquer que l'opération était planifiée. D'ailleurs il y avait au moins un autre homme que nous n'avons pas encore identifié, bien que nous détenions aussi son ADN.

— Alors, d'après vous, il pourrait s'agir, véritablement, d'une évasion ?

— Considérant les antécédents de Canard, monsieur, ce n'est pas exclu. Votre frère, peut-être, l'aura persuadé qu'il était malheureux, persécuté, que sais-je, et l'autre l'aura pris au mot.

— Récemment, en Autriche, un illuminé a fait évader tous les animaux d'un zoo ! crut bon d'ajouter Yolande. Il a déclaré qu'il voulait mettre fin à leur martyre !

L'information fut accueillie par un silence polaire.

— Je trouve ce parallèle d'assez mauvais goût, déclara Thibault Dastry.

— Excusez-moi, monsieur, je voulais…

— Vous vouliez m'expliquer que nous avons peut-être affaire à un exalté ? Merci, j'avais compris ! Mais enfin comparer mon frère à un animal…

— Ce n'était pas mon intention, monsieur, croyez-le bien ! se défendit Yolande, qui devint écarlate.

Avec toute la mansuétude d'un prélat, Thibault Dastry fit signe que l'incident était clos. Et c'est d'un ton nouveau, chargé d'onction, qu'il poursuivit :

— Julien est né différent, ce n'est certes pas sa faute. À ce titre, il mérite notre attention, notre affection, et notre respect. Voyez-vous, monsieur, et vous, capitaine, c'est cela que le Christ nous enseigne lorsqu'il déclare : « Laissez venir à moi les petits enfants. » C'est cela, le vrai sens de la compassion.

Après l'explosion de colère dont elle avait été témoin, ce prêche sulpicien acheva de déstabiliser Yolande. Rostopchine, pour sa part, trouva piquant d'entendre un des plus gros fabricants d'armes mondiaux citer Jésus avec tant de conviction. Ignorant délibérément le capitaine dont le tort principal, à ses yeux, était d'être une femme, Thibault Dastry demanda :

— Et s'il s'agit d'un enlèvement, monsieur Rostopchine ?

— S'il s'agit d'un enlèvement, il est un peu surprenant qu'aucune demande de rançon ne vous soit encore parvenue…

— Edgar ? Nous n'avons rien reçu ?

— Rien, monsieur.

— Les spécialistes sont sur le point d'identifier la voiture à bord de laquelle on a emmené votre frère, reprit Rostopchine. C'est un élément clé de cette enquête.

— Elle aura sans doute été volée quelque part, suggéra Edgar.

— Elle peut tout de même nous fournir de précieuses indications…

Thibault Dastry se racla longuement la gorge avant de poser la question qui l'angoissait :

— Où en est-on avec la presse ?

— Jusqu'ici, rien n'a filtré, monsieur. Des consignes strictes ont été données au personnel des Cyprès, qui semble avoir compris le message.

— D'après ce que j'ai entendu, votre frère était très apprécié de tous, crut bon d'ajouter Yolande dans l'espoir de rattraper sa bévue.

— « Était » ! repartit le milliardaire. Vous le croyez donc mort ?

— Mais pas du tout, monsieur. J'ai seulement voulu dire…

— Par pitié, ne dites plus rien, capitaine ! Vous m'insupportez !

Un silence pesant régna dès lors dans la grosse voiture. Yolande remâchait son humiliation et Thibault Dastry, le front contre la vitre, s'abîma dans ses pensées. Personne ne se serait risqué à le déranger. Rostopchine tripotait son paquet de cigarettes dans la poche de son trench, rêvant d'en griller une, n'osant pas, cependant, demander la permission de fumer.

— Mon frère, déclara finalement le milliardaire, est un être d'habitudes. De rituels, même… Il a besoin de baliser sans cesse son petit monde. C'est à ce prix qu'il peut survivre. Sorti du contexte sécurisant des Cyprès, il s'expose à toutes sortes d'angoisses, à une espèce de vide sidéral dont nous n'avons pas idée… Certains médecins lui donnaient une espérance de vie très faible, mais grâce à Dieu et à l'attention dont j'ai toujours veillé à l'entourer, le voilà sexagénaire. Toutefois, je le sais fragile, messieurs, terriblement fragile ! Il faut le retrouver ! Très vite, vous m'entendez ?

*

— J'ai un petit morceau de ciel, là ! triompha Antoine. Avec la fumée du volcan dans le coin.

Contraint de ramasser les pièces éparses du puzzle, il avait commencé à en assembler quelques-unes et s'était pris au jeu. La nuit avait été pénible : Julien avait fait des cauchemars et n'avait cessé de geindre, de s'agiter, de crier, il avait fallu le conduire trois fois aux toilettes. Canard, excédé, avait fini par doubler la dose de Ternazol. C'était risqué, mais eux aussi avaient besoin de sommeil. Canard avait été rattrapé par le souvenir de son altercation avec Maryse : est-ce qu'elle respirait vraiment quand il avait quitté la chambre ? Il en était moins sûr que la veille. Mais si elle était morte, ils en auraient parlé à la radio, ainsi que de la disparition du vieux. Or il n'avait rien entendu de tel, ni sur Europe 1, ni sur France-Info, qu'il avait écoutées, à l'insu de ses complices, sur son téléphone. C'était bon signe.

Antoine, quant à lui, avait revécu, derrière ses paupières closes, sa foirade érotique avec la grande Noire. S'était ensuivi une érection aussi honorable qu'inutile.

Julien émergea un peu avant midi. Épuisé et hagard. Il avait, désormais, l'air d'un lapin shooté : le poil rêche et blanc, les yeux injectés de sang. Son agitation de la veille semblait s'être évaporée sous l'effet du Ternazol. Jean-Jacques en profita pour lui glisser de nouveau un stylo bille entre les doigts. Il lui présenta ensuite le modèle des signatures de Thibault Dastry et l'encouragea à les recopier. Après un moment de flottement, Julien parut comprendre ce que l'on attendait de lui :

il esquissa un gribouillis compliqué qui ressemblait d'assez loin aux paraphes élaborés de son frère.

— C'est bien, papy ! l'encouragea Jean-Jacques. Continue.

Mais très vite, Julien se mit à faire n'importe quoi. Il noircit entièrement la feuille, et il fallut lui arracher le stylo des mains pour que la table ne subisse pas le même sort. À bout de nerfs, Jean-Jacques s'en prit à ses acolytes :

— Soi-disant il devait faire ça les doigts dans le nez ! Soi-disant il était super méticuleux ! Un putain de Michel-Ange ! Mon cul ! Vous voyez bien qu'il n'y arrivera jamais !

— C'est peut-être à cause des médocs ? avança Antoine. On lui en a donné trop.

— T'es marrant, toi ! Sans médocs, il est ingérable ! répliqua Canard.

— Bon, vous proposez quoi ? aboya Jean-Jacques.

Inspiré, Canard lança :

— Attendez ! On est cons ! Il suffit de lui péter le bras !

— À qui ?

— Au débile évidemment.

— Pour l'obliger à signer ? s'inquiéta Antoine. Tu crois que ça va le faire ?

— Mais non ! Pour l'empêcher de signer !

— Là, je pige pas…

— Écoute ! Si Dastry se pointe à sa banque avec le bras droit dans le plâtre, ils peuvent pas l'obliger à signer, quand même ? Ils lui remettront le fric qu'il demande parce que c'est Dastry, le big boss à qui tout le monde dit oui.

— Ce n'est pas idiot ! admit Jean-Jacques après avoir réfléchi.

— Et les bleus ? s'inquiéta Antoine. Ça fait pas bizarre, un P-DG avec des bleus et un bras cassé qui vient chercher des sous ?

— Les bleus, on les voit à peine.

— Il en a quand même un beau sur la pommette…

— Il aura l'air d'un mec qui s'est cassé la gueule dans l'escalier, trancha Jean-Jacques. Ça peut arriver à tout le monde. Même à un super patron.

Antoine sourit largement pour montrer qu'il avait compris et appréciait l'ingéniosité du plan.

— On lui pète là, tout de suite ? demanda-t-il.

— Si on lui fait mal, il va gueuler comme un veau, objecta Canard. Vaudrait mieux le shooter avant…

— Déconnez pas, les mecs ! lança Jean-Jacques. Pas besoin de lui péter pour de vrai !

— Comment ça ?

— Suffit qu'il ait un plâtre en écharpe. Personne n'ira regarder dessous si c'est vraiment cassé.

Niels Bohr et Oppenheimer n'auraient pas regardé Einstein avec plus d'admiration. Heureux et soulagés d'avoir résolu aussi brillamment le problème, les trois associés, regonflés à bloc, se firent monter du champagne et trinquèrent aux millions qui tomberaient dans leurs poches dès que la Daimler serait en état de reprendre la route.

## 14

— Une Daimler ? s'étonna Rostopchine. Vous êtes certains de ce que vous avancez ?

— Sûrs et certains, monsieur, répondirent les spécialistes du STICG. On avait une bonne empreinte de pneu, un peu d'huile, et des éclats de peinture qui ont corroboré l'analyse. Le pigment et les liants : fabrication anglaise sans l'ombre d'un doute. Ce *deep blue* a été créé pour un modèle spécifique, il n'y a aucune confusion possible.

— Une Daimler ! répéta Rostopchine, prenant le capitaine Bourcadieu à témoin. Difficile de faire plus voyant. Ils sont complètement stupides ou quoi ?

— Pas forcément, monsieur. Un homme bien habillé au volant d'une telle voiture n'a pas grand-chose à craindre de contrôles inopinés de gendarmerie.

Rostopchine considéra son interlocutrice avec commisération : au cours de sa carrière, elle avait dû pratiquer plus de contrôles routiers que d'enquêtes criminelles.

— Trouvez-moi toutes les Daimler bleu nuit du Gard et de l'Hérault, ordonna-t-il. Ça ne devrait pas prendre très longtemps.

Il y en avait trois. La première appartenait à un urologue de Montpellier, membre de plusieurs associations de bienfaisance, qui paraissait au-dessus de tout soupçon. La seconde à un collectionneur nîmois de voitures anciennes. Elle reposait sur des cales, au fond d'un garage, attendant d'être restaurée. La troisième avait très récemment changé de mains, passant de celles de la comtesse d'Esclandillac à un quidam du nom de Jean-Jacques Pouchardon.

— On a quelque chose sur ce Pouchardon ? s'enquit Rostopchine.

On avait. Au cours de sa jeunesse parisienne, Pouchardon avait grenouillé dans divers mouvements d'extrême gauche. Brouillé avec son père, qui aurait voulu le voir étudier plutôt que militer, il était parti, sur un coup de tête, élever des abeilles dans les Cévennes, où il avait rallié la cause écologique. Il avait été condamné à payer plusieurs amendes, suite à des fauchages de parcelles OGM.

— Vous connaissez l'individu, capitaine ? demanda Rostopchine.

— Évidemment. Il vend le miel de ses ruches au marché de Gardaillègues et fait pousser un peu de cannabis. Dans la mesure où c'est pour sa consommation personnelle, on ferme les yeux. C'est une grande gueule, mais selon moi, ce n'est pas le mauvais bougre.

— Vous ne trouvez pas surprenant qu'un type doté d'un profil pareil se paie, du jour au lendemain, une Daimler ?

— Sa compagne a de l'argent. C'est elle qui le fait vivre.

— Non. Ça ne cadre pas.

— Je vous assure. C'est une Danoise qui s'est installée à la Rouveyre dans les années…

— Je vous parle de cette voiture ! coupa Rostopchine. S'il s'agissait du citoyen lambda, je penserais qu'il a voulu satisfaire un caprice, s'offrir quelque chose qui sort de l'ordinaire. Mais ce Pouchardon m'a tout l'air d'un type engagé, un gauchiste pur et dur ! Une Daimler, pour lui, doit rimer avec capitalisme et carburant fossile. Sans parler du $CO_2$ qu'elle recrache généreusement dans la nature. Croyez-moi, capitaine, cet achat de voiture ne cadre pas.

— Certainement, monsieur, admit Yolande, un peu étourdie par l'analyse péremptoire de Rostopchine.

Ce dernier se rembrunit.

— Je n'aime pas ça ! déclara-t-il.

— Qu'est-ce que vous n'aimez pas ?

— La couleur que prend soudain notre affaire.

— La couleur ?

— Une couleur politique, capitaine.

— Vous croyez ?

— C'est évident. Vous voyez bien les orientations de ce Pouchardon !

— Excusez-moi de vous contredire, osa Yolande, mais à mes yeux, Pouchardon n'est qu'un révolutionnaire de comptoir.

— Qu'est-ce que vous entendez par là ?

— Pour prôner la révolution devant un auditoire plus ou moins défoncé, le verre à la main, il est très fort. Mais son engagement politique, c'est bidon, un truc pour se faire mousser devant les copains.

— D'où venez-vous, capitaine ?

— De Valenciennes, monsieur.

— Je voulais dire : de quel milieu êtes-vous issue ?

— Mon père était cordonnier.

— À son compte ?

— Oui. Ça ne marchait pas très fort pour autant. C'est pour cette raison qu'il nous a encouragés, mes frères et moi, à nous engager dans l'armée.

— Que votait-il, votre père ?

— Je n'en sais rien, monsieur. On ne parlait jamais politique à la maison.

— C'est bien ce que je pensais, capitaine. Il vous manque une dimension culturelle pour apprécier vos adversaires. Moi, je les connais. Je les étudie, je les sonde, et je les traque depuis des années. Je sais comment ils vivent, comment ils pensent…

— C'est à ça qu'elle sert, votre unité spéciale ?

— Voilà.

— Et vous en arrêtez beaucoup, des activistes ?

— Pas assez, à mon goût. Pour en revenir à Pouchardon, capitaine, je ne partage pas du tout votre analyse. D'après mon expérience, son personnage est une composition. Je trouve même très habile de sa part d'apparaître comme un révolutionnaire de comptoir, pour reprendre votre expression, et vous n'avez d'ailleurs pas manqué de tomber dans le panneau. Dites-vous bien, au contraire, que les gens auxquels nous avons affaire sont de dangereux fanatiques. Pour eux, Thibault Dastry est un ennemi ! Un ennemi de classe, le pire de tous, croyez-moi. Pour l'abattre, tous les moyens sont bons. S'il faut se servir d'un pauvre homme à moitié demeuré, qu'à cela ne tienne !

— Ça paraît tout de même un peu gros…

— Rappelez-vous les Brigades rouges, Action directe, la bande à Baader. Ils s'en sont pris à des dirigeants d'entreprise… Mais vous êtes trop jeune, bien sûr.

— J'ai fait des études, monsieur. Et il me semble que le contexte était très différent.

— Ne dit-on pas, capitaine, que l'Histoire bégaie ? Voyez-vous, plus j'y pense, plus je crois que nous sommes sur la bonne voie. Voici ce que j'imagine : Pouchardon rencontre Sylvain Canard. Au bistrot, probablement. Ce dernier, pris de boisson, évoque un pensionnaire prestigieux aux Cyprès, le frère de Thibault Dastry, un magnat de l'industrie, un exploiteur ! Et là, dans l'esprit de Pouchardon, ça fait tilt ! L'occasion produit le larron, n'est-ce pas ? Il se dit qu'il ne doit pas être difficile de kidnapper un vieillard dans une maison de repos, et il a raison. Il comprend qu'il disposera, grâce à Julien, d'un puissant levier contre le grand patron. Détenant son jumeau, il peut tout exiger : de l'argent bien sûr, mais il est également en mesure de contraindre Dastry à vendre des actions, à modifier l'orientation d'un conseil d'administration, à augmenter les salaires de ses employés, à renoncer à fabriquer certains armements… Que sais-je encore !

Face à un raisonnement aussi implacable et alarmant, Yolande resta sans voix.

— C'est une catastrophe ! dit Rostopchine en allumant une cigarette et en composant fébrilement un numéro. Une véritable catastrophe !

Une fois qu'il eut son interlocuteur en ligne, il pria sèchement le capitaine de sortir. C'est mon bureau, merde ! protesta-t-elle en son for intérieur.

Entre-temps, le lieutenant Wilmers avait trouvé, dans le courrier de la gendarmerie, une lettre de dénonciation anonyme concernant l'assassinat d'un certain Francis Guetart. Vérification faite, ledit Guetart se portait comme un charme. Contactée par le lieutenant, Mme Guetart mère avait assuré avoir parlé à son fils la veille, au téléphone.

Sur les images fortement pixellisées qui accompagnaient l'envoi, le lieutenant avait reconnu, en dépit de ses cheveux courts, l'espèce de grand Viking qui vendait son miel au marché de Gardaillègues. Le gars avait la réputation d'être un cavaleur, il s'agissait, de toute évidence, de la sordide vengeance d'un mari cocu. Le lieutenant Wilmers prit donc sur lui d'épargner cette ridicule histoire à sa supérieure, qui avait assez de soucis comme ça en ce moment ; il balança les documents à la poubelle.

*

— Je crains d'être porteur de mauvaises nouvelles, déclara Rostopchine en pénétrant dans la suite de Thibault Dastry.

À l'aide de câbles, d'ordinateurs, d'imprimantes, et de l'indispensable machine à réduire les documents confidentiels en confettis, Edgar était parvenu à gommer un peu du charme suranné de la pièce. Des dossiers occupaient le canapé rustique tendu de toile de Jouy, d'autres s'entassaient sur le manteau de la cheminée, chefd'œuvre d'un menuisier local. Pour les hommes d'affaires, ni trêve ni repos ! Vêtu d'un élégant kimono, Thibault Dastry, étendu sur le grand lit, le dos calé par une pile d'oreillers, pianotait sur le clavier d'un portable fin et luisant comme une dague, deux téléphones à portée de main. Rostopchine sentit qu'il dérangeait et on ne fit rien pour le détromper. Par conséquent, c'est debout qu'il exposa ses craintes et sa nouvelle hypothèse. Thibault Dastry l'écouta sans piper mot. À la fin de l'exposé, il était blême.

— Bande d'immondes petits salauds ! siffla-t-il. Fumiers ! Ordures !

Ces épithètes qualifiaient sans doute ceux qui avaient enlevé son frère. Il toussota, se reprit, et demanda s'il convenait de continuer à taire la nouvelle ou s'il fallait, au contraire, lui donner la couverture médiatique la plus large possible ?

— Mr le ministre sera là incessamment pour discuter de cette question avec vous, répondit Rostopchine.

— Ah, tout de même ! grogna le milliardaire.

En attendant, Rostopchine décida de se rendre à Gardaillègues, curieux de savoir ce que l'ex-compagne de Pouchardon pourrait avoir à lui raconter. Au passage, on prélèverait quelques échantillons de son ADN pour les comparer à celui qui avait été trouvé sur le mégot du joint. Contre l'avis du capitaine Bourcadieu, qui persistait à penser que l'apiculteur et la grosse Danoise étaient inoffensifs, Rostopchine envoya en éclaireur une unité spéciale d'intervention, composée d'une dizaine de gaillards surentraînés et suréquipés, sous le commandement d'une petite brune qui avait fait ses classes en Afghanistan. L'équivalent du GIGN, sans l'acronyme.

Aux alentours de seize heures, les rares habitants du hameau qui taillaient leurs rosiers ou prenaient le frais sur leurs balcons virent donc surgir des hommes casqués, harnachés, masqués, qui progressaient en crabe et communiquaient par signes, comme des sourds-muets, encore que leur gestuelle fût moins élaborée. Ils brandissaient des armes futuristes, à visée laser, et n'avaient pas l'air de rigoler. En quelques bonds, ils cernèrent la maison de Birgit et investirent le jardin, bousculant les plants de tomates, piétinant sans ménagement les courgettes.

Les voisins avaient vu des reportages sur la lutte sans merci que livrent les autorités colombiennes aux narcotrafiquants, ils pensèrent savoir à quoi s'en tenir, estimant, néanmoins, ce déploiement de forces un peu excessif pour les pauvres plants de cannabis de Jiji. À moins, bien entendu, que l'opération ne fût destinée à être médiatisée.

Birgit faillit faire un infarctus lorsque, sortant de sa chambre, elle se trouva nez à nez avec le mufle camus d'un fusil-mitrailleur, le point rouge du laser planté au milieu de son front, tel un tatouage rituel. Quant au couple de gays hollandais qui occupait l'une des chambres d'hôtes, on les tira brutalement du lit où ils s'étaient octroyé une sieste crapuleuse pour les aligner contre le mur, mains en l'air et couilles à l'air. Le reste du commando fouilla la maison sans trouver les armes, les explosifs et les documents cryptés que l'on s'attendait à découvrir dans un repaire d'activistes. Quant à la bibliothèque, elle ne recelait pas d'ouvrages plus subversifs que des livres de cuisine, les œuvres de Danielle Steel et de Marc Levy.

Une fois avisé par la petite brune et par radio que « la zone était sécurisée et la situation sous contrôle », Rostopchine fit son entrée, flanqué de Yolande, que ce déploiement de forces d'élite faisait rigoler sous cape. Pour se remettre de ses émotions, Birgit aurait eu besoin d'un coup de muscadet, elle n'eut droit qu'à de l'eau du robinet. Rostopchine la questionna longuement sur la manière dont elle avait rencontré Pouchardon, puis sur leur vie au cours des années précédentes. Elle répondit sans détours et sans fioritures, incapable d'imaginer quel délit Jiji avait pu commettre pour susciter une telle mobilisation policière. Elle s'en voulut d'avoir sous-estimé son engagement révolutionnaire. Lorsque Rostopchine en vint à l'achat de la Daimler, Birgit déclara qu'elle ne savait rien de cette acquisition, qui avait eu lieu après leur rupture, à propos de laquelle elle préférait ne pas s'étendre, assura-t-elle en reniflant ce qu'il fallait. Elle fut toutefois du même avis que les enquêteurs, estimant curieux que Jean-Jacques ait jeté son dévolu sur un modèle aussi luxueux, et plus curieux encore qu'il ait disposé des fonds pour l'acheter.

— Il a dû rencontrer une fille avec le fric, avança-t-elle. Je vois que ça. La pauvre ! Il va la ruiner. Comme moi !

On évoqua enfin Canard.

— Je connaissais la plupart de ses copains, dit Birgit. Canard, ça me dit rien. Un nom pareil, j'aurais pas oublié, vous pensez !

Rostopchine lui aurait bien flanqué quelques gifles pour s'assurer qu'elle disait la vérité, mais le capitaine s'y opposa avec la plus grande fermeté. L'agent spécial partit sur de vagues menaces, sans s'excuser pour le préjudice subi. Côté potager, c'était réparable, mais le couple d'hôtes, humilié et scandalisé, déclara qu'il ne remettrait jamais les pieds dans cette maison, et promit de lui faire une publicité désastreuse sur les sites Internet appropriés.

Une enquête express, menée dans le premier cercle des relations de Pouchardon, fit apparaître les noms de Bernard Moraud et d'Antoine Percier. L'instituteur était fiché. On le bouscula un peu, sans résultat. Son épouse Mireille, elle, ne se fit pas prier pour dire le plus grand mal de Jean-Jacques, dont elle avait gardé un souvenir exécrable.

Dans l'intervalle, Rostopchine, le capitaine et quelques membres du commando d'intervention s'étaient rendus au domicile d'Antoine. Les lieux paraissaient avoir été abandonnés à la hâte : on trouva de la vaisselle sale entassée dans l'évier, du petit linge sur l'étendage. Des ébauches de mécanismes dont les plans, découverts dans le coin atelier de la caravane, furent pris pour des machines infernales avant d'être reconnus pour ce qu'ils étaient : des chauffeeau solaires ou des turbines à vent, au stade embryonnaire. Tout fut minutieusement fouillé, photographié, on passa même au tamis la sciure des toilettes sèches. Sans résultat probant, à la plus vive contrariété de Rostopchine, qui voyait se dégonfler le vaste complot anticapitaliste dont il s'était pris à rêver.

C'est donc d'une humeur de dogue qu'il se rendit au château d'Esclandillac, toujours accompagné du capitaine Bourcadieu, mais sans la présence de la section d'assaut, la vieille comtesse paraissant peu susceptible de sympathies gauchistes. La nuit était tombée. La comtesse, qui avait dîné depuis longtemps, regardait une émission de télé-réalité : la vie des gens ordinaires la fascinait.

Voir débarquer un gendarme, même de sexe féminin, à une heure aussi tardive lui causa un certain émoi : non qu'elle eût des faits graves à se reprocher, mais elle faisait tout de même pas mal d'entorses au Code du travail. Lorsque Rostopchine se présenta, le patronyme de la comtesse de Ségur, dont elle avait lu les ouvrages, en son temps, la rasséréna. Elle l'autorisa à fumer, lui taxa même une Marlboro en minaudant.

— Madame la comtesse, attaqua le capitaine, vous avez récemment vendu une voiture à un certain Jean-Jacques Pouchardon…

— C'est exact, répondit-elle, ulcérée à la pensée que ce beau garçon ait pu avoir le culot de porter plainte contre elle, sous prétexte que la voiture n'était pas en aussi bon état qu'elle l'avait prétendu.

— Que pouvez-vous nous dire à son sujet ? enchaîna Rostopchine. Les moindres détails comptent.

Mon Dieu ! Qu'a-t-il fait ? se demanda-t-elle, émoustillée à l'idée d'avoir côtoyé sans le savoir un bandit ou un terroriste. Elle déclara qu'elle avait trouvé Jean-Jacques aimable et poli. Son compagnon, en revanche, n'avait aucune éducation : il avait conservé sa casquette sur la tête pendant toute la durée de leur entretien.

D'après la description, Rostopchine et le capitaine reconnurent Antoine Percier.

— Vous ont-ils dit pourquoi ils avaient besoin d'une telle voiture ?

— Pour se déplacer, j'imagine, répondit ingénument la comtesse.

— À aucun moment ils n'ont fait allusion à l'endroit où ils comptaient se rendre ?

— Je ne crois pas…

— Réfléchissez bien, madame la comtesse, c'est très important.

— Il me semble… Il me semble qu'ils ont mentionné la côte, lança-t-elle soudain sous le regard croisé des deux flics.

Rassurée quant au fait qu'ils n'étaient pas venus l'arrêter pour l'emploi d'un homme de peine non déclaré et payé au black, elle tenait, désormais, à leur faire plaisir. Elle eût été peinée de les voir repartir les mains vides.

— La côte ? répéta le capitaine.

— La Côte d'Azur, évidemment. Monte-Carlo ! Oui, c'est cela, improvisa-t-elle, celui qui avait l'air d'un rat a parlé de MonteCarlo. Je m'en souviens parfaitement maintenant.

Pour leur voyage de noces, feu le comte, son mari, l'avait emmenée, entre autres destinations prestigieuses, dans la principauté. Elle y avait été présentée au prince Rainier et conservait de lui un tendre souvenir.

Le capitaine et Rostopchine échangèrent un regard entendu : ça se tenait. À Monte-Carlo, la Daimler permettrait aux ravisseurs de passer pratiquement inaperçus. Le choix de ce paradis fiscal avait évidemment valeur de symbole, et le moral de Rostopchine remonta en flèche. Il s'apprêtait à remercier la comtesse de sa précieuse collaboration lorsque le capitaine demanda :

— La voiture que vous avez vendue, madame la comtesse, elle était dans quel état ?

— Impeccable, évidemment. Feu mon mari était très pointilleux sur le sujet…

Sa réaction trop vive, son air offusqué n'avaient pas échappé à Yolande, qui creusa :

— Et côté mécanique ?

— Je n'y connais rien, vous savez, je ne suis qu'une femme…

— Moi aussi, fit observer le capitaine.

— En tout cas, ces messieurs n'ont rien trouvé à redire…

— Combien de temps était-elle restée sans rouler, votre voiture ?

— Environ quatre ans, avoua la comtesse. Mais le jardinier actionnait le moteur de temps en temps. Pour remplir la batterie, si j'ai bien compris ?

Pour la première fois depuis le début de leur collaboration, Rostopchine gratifia le capitaine d'un regard approbateur. Si Pouchardon n'avait pas pris la précaution de faire soigneusement réviser la Daimler après d'aussi longues vacances, tous les joints devaient être secs, la panne inévitable. Si les kidnappeurs s'étaient arrêtés dans un garage ou s'ils avaient été dépannés, l'enquête avancerait d'un grand pas.

Dans la camionnette de gendarmerie qui les conduisait au relais-château de Cendrars, Yolande dicta un avis de recherche de véhicule qui serait faxé à tous les garages de l'Hexagone. Et Rostopchine se vit confirmer que l'ADN du pétard était bien celui de Jean-Jacques Pouchardon.

## 15

Yolande fut présentée au ministre de l'Intérieur, qui la gratifia d'une poignée de main rapide et distraite. Elle trouvait à la fois ridicule et inconvenant d'entendre Thibault Dastry lui donner du « Raoul » à tout bout de champ.

Rostopchine développa sa théorie d'enlèvement à caractère politique, étayée par les révélations de la comtesse et la confirmation de la présence du dangereux Pouchardon sur les lieux du crime. Le ministre fut aussitôt emballé ; Thibault Dastry apparut dépassé et vulnérable.

— Que faire, que faire ? soupirait-il lugubrement.

— Attendre que les ravisseurs aient manifesté leurs exigences, répondit le ministre. À partir de là, nous verrons comment il convient d'y répondre. S'ils veulent simplement de l'argent, ce que je préférerais, je te l'avoue, on les coincera tôt ou tard…

— Oui, et puis qu'importe l'argent, murmura Thibault Dastry.

— S'ils te demandent de surseoir à un plan social ou de minorer les dividendes des actionnaires en faveur d'une augmentation générale de tes employés, ainsi que Rostopchine semble le croire, là, nous jouerons la montre. Ce ne sont pas des questions qui se règlent dans l'heure, et cela, même des gauchistes exaltés peuvent le comprendre.

— Tu crois vraiment qu'ils vont me demander ça ? lança le milliardaire, épouvanté.

— Considérant le profil des ravisseurs, monsieur, c'est plausible, assura Rostopchine. Pouchardon apparaît plus comme un stratège, un théoricien, son complice Percier, lui, a été de toutes les manifs, de toutes les actions anticapitalistes des deux dernières décennies. Ils sont probablement affiliés à un groupuscule dont l'existence a échappé à notre vigilance, ou en liaison avec des organisations extrémistes basées à l'étranger. Ils savent ce qu'ils risquent en pratiquant l'enlèvement et la séquestration, ils vont donc placer la barre aussi haut que possible.

— Preuve en est qu'ils n'ont pas hésité à commettre un assassinat ! approuva le ministre. Cette malheureuse infirmière…

— Absolument.

— Avez-vous envoyé des fleurs à la famille de cette jeune femme ? s'inquiéta Thibault Dastry auprès de son assistant.

— Certainement, monsieur. Une couronne superbe. Ainsi qu'une petite carte où vous leur adressez vos plus vives condoléances.

— Edgar me rédige ça comme personne ! déclara le milliardaire au ministre d'un air soudain réjoui. Je l'ai chargé de toute ma correspondance mondaine. Il me fait gagner un temps précieux !

Non sans amertume, le ministre se rappela le petit mot signé Thibault Dastry qu'il avait reçu à l'occasion du mariage de sa fille : « Quel plaisir c'eût été, mon cher Raoul, de participer à cette belle cérémonie ainsi qu'à la fête à laquelle tu m'as si gentiment convié.

Mes obligations, hélas, ne me permettent pas... » C'était donc ce premier de la classe qui avait chié cette prose. L'enfoiré. Ce devait être lui, également, qui avait choisi le cadeau sur la liste de mariage : des pinces à escargots, en inox, bordel. Vingt euros quatre-vingt-dix.

— Il faut les arrêter ! tempêta tout à coup le milliardaire, arrachant le ministre à ses ruminations. Les empêcher de nuire ! Je veux bien verser quelques millions pour que la vie de mon frère soit épargnée, mais je ne tolérerai pas que quiconque me dicte ma conduite !

— Nous avons bon espoir de les attraper bientôt, monsieur, assura Rostopchine. Il semblerait qu'ils soient sur la Côte d'Azur.

— Sur la Côte d'Azur ?

— À Monte-Carlo, pour être précis.

Thibault Dastry tressaillit : certaines banques monégasques lui avaient servi de tremplin dans des montages élaborés pour rebondir vers d'autres paradis fiscaux, encore plus avantageux. Ces petits salauds étaient-ils au courant ? Se pouvait-il qu'il y ait eu des fuites ? Que ferait-il s'ils se montraient assez futés, assez pervers, assez informés pour exiger qu'il révélât certaines de ses combines ? Sacrifierait-il Julien pour empêcher d'inavouables vérités d'éclater au grand jour ? Serait-il contraint de choisir entre son frère et ses secrets bancaires ? Le dilemme était cornélien, le milliardaire se mit à transpirer.

— Dépêchez-vous de les arrêter ! Je vous en supplie, couina-t-il.

Le ministre toussota pour cacher sa gêne, Rostopchine détourna les yeux, Edgar se concentra sur un point précis du parquet bien ciré. Yolande profita du silence qui suivit pour lancer l'idée qui lui trottait par la tête depuis un moment.

— On pourrait tout de même diffuser une photo de Julien. Sans mentionner de nom, bien entendu. Simplement : « Avez-vous vu cet homme ? » avec un numéro vert et la promesse d'une récompense. On obtiendrait peut-être quelques témoignages intéressants et cela obligerait les ravisseurs à se manifester. Et puis, qui sait, ils pourraient alors commettre une erreur ?

Le ministre la regarda comme s'il la voyait enfin et Rostopchine, qui n'aimait pas se faire piquer la vedette, lui jeta un regard noir avant de déclarer :

— J'allais précisément vous le suggérer.

Le visage de Thibault Dastry s'éclaira.

— Brillante suggestion, monsieur Rostopchine ! Un portrait anonyme dans tous les journaux de mon groupe. Et même dans les autres. Affiché partout en France. Si mon malheureux frère et ses ravisseurs sont descendus sur la Côte d'Azur en voiture, ce serait bien le diable si personne ne les avait aperçus !

— En effet, convint le ministre. Faites le nécessaire, capitaine ! Dépêchez-vous.

Yolande avala la couleuvre, salua et sortit pour aller donner ses ordres.

*

Julien suivait Thibault sur un chemin, en pleine campagne. Il faisait beau, le soleil lui chauffait le dos. Pas la tête, car il portait son bob. Thibault, lui, allait tête nue. Il ne mettait jamais de chapeau. Pas plus que de bonnet en hiver. Il faisait pourtant froid l'hiver. Des fois, même, il neigeait.

— Tu viens ? demanda Thibault.

Il marchait vite et Julien devait toujours trottiner pour le suivre.

— Viens ! répéta Thibault, j'ai un truc à te montrer.

Un « truc », avec Thibault, c'était toujours intéressant. Julien pressa le pas. Thibault s'était accroupi. Il était en short, on voyait ses genoux : ils n'étaient pas très propres, festonnés de croûtes. Thibault tenait une baguette pointue, avec laquelle il asticotait quelque chose que Julien était trop loin pour discerner. En s'approchant, il vit que c'était une grenouille.

— Une grenouille, dit-il. Une mignonne grenouille.

— Non, dit Thibault. C'est un crapaud.

— Ça fait rien. On peut le prendre avec nous à la maison ?

— Non.

— Pourquoi ?

— Je ne pense pas que maman soit d'accord, tu vois.

— Elle aime pas les crapauds, maman ?

— Non. Personne n'aime les crapauds. C'est moche et plein de pustules.

— C'est quoi, des pustules ?

— C'est comme des boutons, en pire.

La bestiole avait la gueule béante et l'œil inquiet. Appuyant d'un coup sec sur sa baguette, Thibault lui creva l'abdomen sans effort ; les tripes se répandirent dans la poussière du chemin. Julien hurla :

— Méchant ! Méchant ! Méchant !

Son propre cri le réveilla. Il éprouva un vif soulagement : ça n'était qu'un mauvais rêve. Thibault était un homme, aujourd'hui. Un vieil homme, comme lui. Il avait autre chose à faire que d'éventrer les crapauds.

— Tu peux pas la fermer un peu, bon Dieu ! Qu'on puisse dormir ! gronda une voix.

C'était celle de l'infirmier avec des tatouages partout. Julien ne l'aimait pas. Il avait fait l'amour avec Maryse. Il n'aimait pas non plus les deux autres. Ils lui avaient coincé le bras droit dans une espèce de coque rigide, il pouvait à peine remuer les doigts et ça le démangeait presque autant que son caleçon mal rincé. Il voulait retourner aux Cyprès. Il n'avait pas terminé son puzzle de Saint-Pierre de Rome. Il ne faut jamais commencer un puzzle avant d'avoir fini le précédent. Ça porte malheur. La preuve. On était bien aux Cyprès. Tout le monde était gentil. Surtout Maryse. Ici, on lui interdisait même d'aller se promener dans le parc. Julien était si triste qu'il se mit à pleurer. En silence, pour que les infirmiers ne le battent pas, comme la veille.

*

Vêtu de son seul slip, debout sur une chaise placée sur le petit bureau, Guetart songea qu'il devait offrir un spectacle assez pittoresque. La veille au soir, il avait déplacé deux dalles du faux plafond et entrepris de percer, à l'aide d'une chignole à main, pour éviter le bruit, le haut du mur le séparant de la chambre mitoyenne. Les parpaings s'étaient révélés étonnamment durs, l'exercice laborieux, il s'était écorché les doigts, avait sué comme un bœuf, d'où sa tenue légère. Il venait, néanmoins, de parvenir à ses fins ; il allait faire passer, à travers la minuscule ouverture, une caméra endoscopique. Dès qu'il ferait jour, elle lui renverrait, sur un écran de contrôle, une image bleutée et légèrement sphérique de la chambre numéro 18, où dormait Julien Dastry.

Guetart avait graissé la patte à Patrice, le réceptionniste, pour obtenir la chambre numéro 20. Il avait également soudoyé le mécano de Chevergnaud & Fils pour qu'il retarde au maximum la livraison de la Daimler à ses propriétaires. Un camping-car, loué par l'intermédiaire d'un site Internet, était parqué dans la rue voisine. Le détective avait résolu d'enlever Julien

Dastry à ses ravisseurs dès qu'une occasion se présenterait. Ensuite, il saucissonnerait son prisonnier sur une couchette et se rendrait dans un coin sauvage du Bugey qu'il connaissait bien. Il exigerait qu'un hélicoptère se tienne prêt, avec à son bord une rançon de dix millions d'euros, en petites coupures usagées. Il indiquerait d'abord les coordonnées d'un point de livraison proche de Nantua, puis, une fois l'appareil en vol, informerait ses interlocuteurs d'un changement et les sommerait de déposer le fric sur le viaduc d'une voie de chemin de fer désaffectée. Ainsi les autorités n'auraient pas le temps d'envoyer des hommes sur la zone. D'un poste d'observation situé un peu plus haut sur la falaise, il surveillerait tout de même les abords, pas un mouvement ne pourrait lui échapper. Une fois l'argent entre ses mains, il fuirait par un tunnel, censément muré depuis cinquante ans. Les flics retrouveraient le camping-car abandonné sur une place de village, Julien Dastry à l'intérieur.

Sur l'écran, Guetart finit par discerner le vieux assis au bord du lit. Il lui tournait le dos et se balançait tristement d'avant en arrière. Il avait observé la même attitude chez certains singes, au zoo. Canard faisait les cent pas à travers la pièce, tirant nerveusement sur une cigarette. Percier et Pouchardon n'étaient pas en vue. Les plateaux-repas entassés près de la porte donnèrent au détective l'idée de se faire passer pour un membre du *room-service*, il suffisait d'endosser une veste blanche. Mais pour cela, il eût mieux valu qu'ils fussent tous les trois dans la pièce ; il se sentait de taille à les tenir en respect avec son flingue, mais convaincre le vieux de le suivre promettait d'être coton. Guetart se méfiait aussi de Canard, qui avait démontré à quel point il pouvait être dangereux. L'option la plus sage et la plus simple eût été de les abattre tous les trois, mais son arme ne possédait pas de réducteur de son. En entendant les détonations, il se trouverait forcément quelqu'un dans l'hôtel pour alerter les flics. Le réceptionniste vénal s'empresserait de donner son signalement et, pour peu qu'un témoin l'ait vu monter à bord du camping-car avec le vieux, sa situation deviendrait rapidement critique.

Le détective en était là de ses réflexions lorsque Julien Dastry se retourna. Guetart éprouva un choc en découvrant qu'il avait : 1/ des cheveux et plus de moustache, 2/ le bras droit en écharpe, enveloppé d'un plâtre ou d'un pansement – la mauvaise qualité de l'image ne lui permettait pas de s'en assurer. Selon une tradition solidement établie, l'otage avait dû être amputé, la veille, d'une phalange qui serait envoyée à son frère pour lui faire comprendre qu'on ne plaisantait pas.

La cruauté et la détermination des ravisseurs glacèrent Guetart. Il fallait intervenir avant que le pauvre homme n'y laisse tous ses doigts. Ou pire.

*

La campagne d'affichage initiée par le capitaine Bourcadieu venait à peine d'être lancée qu'un OPJ de Lyon appela le numéro vert pour déclarer qu'il avait vu le bonhomme de la photo le lundi précédent, aux environs de minuit, dans une station-service de l'autoroute A7. Il était installé à l'arrière d'une Daimler bleu foncé immatriculée dans le Gard. Il s'en souvenait d'autant mieux que le vieil homme avait été pris d'une espèce de crise nerveuse. L'infirmier qui l'accompagnait avait dû intervenir. L'OPJ précisa qu'il avait engagé la conversation avec le chauffeur de la voiture, un brave type, qui lui avait déclaré qu'ils se rendaient en Suisse, dans une clinique spécialisée.

À l'écoute de ce témoignage, Yolande et Rostopchine échangèrent un sourire satisfait : la date et l'heure correspondaient à celles de l'assassinat de Maryse, la voiture était la bonne, aucun doute n'était possible. Le seul élément troublant de cette déposition hautement fiable était la direction qu'avaient prise les ravisseurs : ils semblaient effectivement se diriger vers la Suisse et non vers la Côte d'Azur. Encore qu'il fût possible de descendre à Nice en passant par le tunnel du Mont-Blanc, puis par l'Italie, observa Rostopchine.

# 16

Il était à peine sept heures, et le réceptionniste de l'Hôtel des Alpes somnolait sur un magazine qu'il avait déjà lu trois fois lorsqu'un gendarme se matérialisa.

— Au cas où ! dit-il en posant quelques affichettes sur le comptoir. Mettez-les bien en vue. Couloirs, ascenseurs. Je compte sur vous. Merci !

Sans attendre la réaction du jeune homme, le gendarme tourna les talons, pressé de poursuivre sa tournée. Patrice se pencha nonchalamment sur les tracts et le visage du vieux bonhomme de la chambre 18 lui sauta aux yeux. « Si vous avez vu cet homme, prière de contacter… » Le cœur battant, le réceptionniste s'empressa de planquer les affichettes sous le comptoir. Il s'exhorta ensuite au calme. On offrait une récompense à quiconque pourrait donner des infos. Le montant n'était pas précisé, c'était contrariant. Il pouvait difficilement appeler pour demander combien c'était, et raccrocher ensuite en disant qu'il allait réfléchir. D'autant qu'il serait sans doute facile aux autorités de situer l'appel. Les trois types mal assortis qui escortaient le disparu ne lui offriraient-ils pas beaucoup plus s'il leur proposait, justement, de ne pas révéler où ils se trouvaient ? Dès leur arrivée, ils lui avaient refilé un pourboire impérial, signe qu'ils n'avaient pas la conscience tranquille. Et ils payaient en liquide, ce qui était inhabituel et semblait indiquer qu'ils ne souhaitaient pas laisser de traces. Il y avait aussi l'autre, le blond qui ressemblait au général Custer. Il s'intéressait aux quatre autres et lui avait glissé, la veille encore, quelques billets pour occuper la chambre voisine de la leur. N'était-ce pas lui qu'il fallait alerter en priorité? Patrice conclut que la question à laquelle il convenait de répondre désormais était : qui se montrerait le plus généreux?

Sur son écran de contrôle, Guetart vit Antoine Percier entrer dans la chambre. La qualité infecte de l'image ne lui permit pas de remarquer qu'il était très pâle. Il ne disposait pas non plus du son, sinon il l'aurait entendu dire :

— Elle sera pas prête avant demain!

À ces mots, Canard entra dans une colère démente dont Guetart, évidemment, ignorait le motif. Il le vit shooter dans un plateau. Assiettes, tasses et verres explosèrent, aspergeant les murs de café et de jus d'orange.

Si Julien avait disposé de ses deux mains, il aurait pu les presser sur ses oreilles pour ne pas entendre les mots affreux que prononçait Canard, les mots défendus.

— Je vais lui arracher les couilles, à cet enculé de garagiste!

Jean-Jacques apparut, tiré du sommeil par les hurlements de Canard et les hululements de Julien.

— … lui enfoncer sa foutue clé anglaise dans le fion! poursuivait Canard.

— La voiture est pas prête! lança Antoine à Jean-Jacques, en guise d'explication.

— T'aurais dû leur dire qu'on était à la bourre. Leur promettre du fric en plus. Tu sais pas y faire, merde!

— Du fric, on n'en a plus.

— Je vais l'étrangler, promit Canard au comble de la fureur. Lui faire sortir ses putains de petits yeux de sa grosse tête de con de garagiste. Comme l'autre, là, qui s'est foutue dans mes pattes.

Sa peau avait pris une nuance violine qui faisait paraître ses tatouages d'autant plus sombres. Il était effrayant à voir.

— Calme-toi ! intima Jean-Jacques. Je vais y aller. Exiger qu'elle soit réparée dans les deux heures. Avec moi, ils feront moins les malins qu'avec cette lopette d'Antoine, tu verras !

— OK, concéda Canard, qui avait du mal à reprendre son souffle. Vas-y ! Et hésite pas à cogner si nécessaire !

Jean-Jacques se dirigea vers la porte d'un pas martial.

— T'es en caleçon, lui fit observer Antoine, blessé d'avoir été traité de lopette.

Jean-Jacques enfila un pantalon à la hâte et quitta la pièce. Canard ralluma le mégot d'un joint qui traînait dans l'assiette qui faisait office de cendrier. Le seul baume qui apaiserait sa colère.

— De quel autre tu parlais tout à l'heure ? demanda Antoine, l'air de rien.

— Hein ?

— T'as parlé de l'autre. L'autre qui s'était foutue dans tes pattes. Et d'étrangler.

— Hé ! Regarde le vieux ! lança Canard pour faire diversion.

Julien était en proie à une crise nerveuse. Il tremblait de partout, ses genoux s'entrechoquaient, ses dents claquaient si fort qu'il ne parvenait plus à hululer.

— Qu'est-ce qu'il nous fait, ce con ?

— Quinze millilitres de Diproplamine ! estima Canard.

— Faudrait pas qu'il nous claque entre les doigts ! On a encore besoin de lui !

— T'inquiète.

Canard remplit la seringue et piqua le vieux à travers le tissu du pantalon.

— T'as vu comme j'ai chopé le coup ! Un vrai pro !

— Ouais. Super.

Une fois Julien calmé, Antoine reprit, obstinément :

— C'était quoi cette allusion ? Rassure-moi, t'as étranglé personne, Sylvain ?

— Meuh non.

— Tu me promets ?

Sous le regard insistant et malheureux d'Antoine, Canard perdit un peu contenance et, brutalement, l'envie de soulager sa conscience le submergea.

— Elle était prête à me dénoncer, dit-il sourdement. Elle aurait tout fait foirer.

— Qui ça ?

— Maryse. Une infirmière.

— Elle était prête à te dénoncer pour quoi ?

— Pour des médicaments que j'ai piqués.

— Et tu l'as étranglée pour ça ?

— Non. Pour le vieux.

— Dastry ?

— Ouais.

— Comment elle a su pour Dastry ?

— Elle l'a entendu depuis le couloir quand je faisais sa valise. Elle est entrée dans la chambre…

— Et…, demanda Antoine d'une voix blanche.

— Ben j'ai dû la faire taire. Mais ça doit aller, t'inquiète. Elle a dû se remettre, je veux dire. Je l'ai pas vraiment tuée, sinon, ils en auraient causé à la radio.

Tant bien que mal, Antoine tentait de reconstituer les faits à partir des réponses lapidaires de Canard.

— Ta main, dit-il en désignant le pansement crasseux qui entourait la paume droite de Canard. C'est elle ?

— Elle m'a mordu, la salope.

— Parce que tu l'étranglais ?

— Je sais plus, Antoine. Je l'ai un peu cognée, c'est tout. Mais je te dis : s'ils en ont pas causé à la radio, c'est qu'elle est pas morte.

— Putain, Canard ! T'as fait une énorme connerie. Énorme !

— J'avais pas le choix, Antoine.

— T'aurais dû nous en parler direct ! Pourquoi t'as rien dit ?

Canard ne répondit pas. Ses yeux inquiets roulaient dans tous les sens.

— Pourquoi t'as rien dit ? répéta Antoine, presque tendrement.

— C'est à cause de lui…

— Qui, lui ? Papy ?

— Jean-Jacques. Il m'aime pas. Toi non plus, il t'aime pas. Il nous méprise. Je vois bien.

Ce fut au tour d'Antoine de rester silencieux. Canard avait raison. Jean-Jacques avait pris toute la place, il les traitait comme dcs employés, peut-être même envisageait-il de les entuber. Une fois qu'ils auraient le fric, ils devraient rester sur leurs gardes. Antoine passa, autour des épaules de Canard, un bras affectueux.

— Écoute, dit-il après un temps, on va ricn lui dire. D'accord ?

— D'accord.

— On va faire le coup comme on a prévu. On va ramasser le pognon. Ensuite on filera de notre côté. Tous les deux.

— D'accord.

— Il t'arrivera rien. T'as pas fait exprès.

— Non, j'ai pas fait exprès.

— L'autre, on s'arrangera pour le semer. D'accord ?

— D'accord.

On entendit alors frapper à la porte.

— C'est qui ? coassa Antoine.

— Le service d'étage.

Sachant que les occupants de la 18 se faisaient livrer boissons et repas à toute heure, Patrice avait trouvé astucieux de s'annoncer de cette manière. Incapable de se souvenir s'ils avaient ou non commandé quelque chose, Antoine se leva et ouvrit la porte.

La première chose que vit le réceptionniste en entrant fut le vieux affalé en travers du lit, bouche ouverte, peut-être mort. Il remarqua, au passage, qu'il s'était rasé la moustache et s'était laissé pousser les cheveux. Enfin, ce devait être une moumoute puisque, en arrivant, il était chauve, comme le gars de l'avis de recherche. Le blond costaud était absent, le petit maigrichon qui avait l'air d'un rat le fixait d'un air interrogatif et le type aux tatouages le couvait d'un air mauvais. Patrice colla l'affichette sous le nez d'Antoine, qui tressaillit en reconnaissant Julien.

— Je pense qu'on va pouvoir s'entendre, déclara le réceptionniste d'un ton lourd de sous-entendus.

Il vit Canard bondir, mais il était trop tard ; le poing de celui-ci l'atteignit au plexus. Il se plia en deux, la respiration coupée, et se retrouva étendu par terre sans avoir compris ce qui lui arrivait. Canard se laissa aussitôt tomber sur lui de tout son poids.

— Arrête ! lui intima Antoine. Laisse-le s'expliquer.

Canard ne réagit pas, il affichait une expression lointaine, absente. Il avait glissé une main sous le menton du réceptionniste, plaqué l'autre sur sa nuque. Il donna un vigoureux quart de tour à droite et les cervicales craquèrent avec un son net.

— Hé ? Tu ne l'as pas… ? Hein ? demanda Antoine, incertain.

Sans répondre, Canard entreprit de traîner le corps par les pieds dans la pièce contiguë.

— Tu l'as pas tué, hein ? Rassure-moi : il est juste dans les choux… ? Pas vrai ? Putain, Canard ! On tue pas les gens comme ça, pour rien ! Faut te soigner !

— Ta gueule.

Ce qu'Antoine lut dans les yeux de Canard le dissuada de poursuivre dans cette veine. Il se contenta de murmurer « Putain ! » à plusieurs reprises.

Dans la chambre 20, Guetart, qui avait suivi la scène par écran interposé, se demandait pourquoi Canard s'en était pris au réceptionniste : le gars leur avait brièvement montré un bout de papier et le grand singe lui avait sauté dessus. Peut-être leur avait-il présenté la note et l'avaient-ils estimée trop salée ?

Lorsque Jean-Jacques revint du garage où on lui avait promis, juré, que la Daimler serait prête le lendemain matin à la première heure, il trouva Antoine prostré et Canard le regard vitreux, plus défoncé qu'il ne l'avait jamais été. Julien, lui, comatait toujours.

— Il y a un problème, les gars ? risqua Jean-Jacques, qui reniflait dans l'atmosphère de la pièce quelque chose d'inhabituel.

D'un index mal assuré, Antoine lui désigna la porte de la chambre voisine. Jean-Jacques l'ouvrit et trébucha presque aussitôt sur les vilaines chaussures noires du réceptionniste. Antoine le prit à part pour ne pas provoquer Canard.

— Ce con l'a buté devant moi ! murmura-t-il.

— Buté ? T'es sûr ?

— Tout ce qu'il y a de sûr.

— Mais pourquoi ? Putain ! Pourquoi il a fait ça ?

D'une main tremblante, Antoine déplia l'affichette qu'il avait récupérée.

— Ils recherchent le vieux ! C'est plié !

Sa voix était brisée, son regard éteint. La révélation brutale de la folie de Canard l'avait sérieusement choqué.

— Et c'est pas tout, enchaîna Antoine. Il a aussi zigouillé une infirmière aux Cyprès. Il m'a tout balancé. Une infirmière qui lui avait rien fait, putain… rien !

— C'est pas possible ?

— Regarde-le ! Il est complètement chtarbé ! Il se rend même pas compte de ce qu'il a fait. Et moi, je me suis pas méfié. Oh, putain, putain ! Pourquoi on s'est lancés dans cette histoire…

Jean-Jacques réprima la nausée qu'il sentait monter. Il refusait d'admettre que l'aventure allait s'arrêter là, à deux doigts du but, parce que ce cinglé de Canard avait vrillé et buté un type. Et une infirmière. Il tenta de se reprendre, de ne pas céder à la panique : après l'avoinée qu'il lui avait passée, le garagiste ne refuserait certainement pas de lui prêter une voiture. Ils pouvaient être devant la banque dans moins d'une heure, riches de plusieurs millions d'euros avant que midi n'ait sonné au clocher de Saint-Pierre de Genève.

— Écoute-moi bien, on peut encore y arriver ! déclara-t-il avec feu.

— On va être recherchés pour meurtre !

— On aura quitté la France depuis longtemps. Avec de l'argent, on peut aller au bout du monde. Et puis c'est Canard, l'assassin. Moi, je n'étais pas sur place et je peux le prouver.

— J'étais témoin de la scène, reprit sombrement Antoine. Et j'ai pas réagi.

— Ce n'est pas ta faute.

— Je vais être accusé de complicité ou Dieu sait quoi ! Je voulais pas la mort de ce pauvre type, moi ! Ni celle de l'infirmière. Je veux la mort de personne ! Je voulais juste un peu de fric pour m'acheter une mule.

— Une mule ? Pourquoi une mule ?

— Tu peux pas comprendre, Jean-Jacques. Oh, mon Dieu !

Jamais j'aurais dû m'embarquer dans cette galère ! Jamais !

— Ferme-la, merde !

Antoine parut rétrécir. Il se mit à geindre en sourdine, comme le faisait Julien. On est tous en train de devenir barges, songea Jean-Jacques. À nouveau, il s'efforça de rassembler ses esprits : en fin de compte, il n'avait pas besoin d'un chauffeur, il pourrait très bien se présenter seul à la banque avec Julien après avoir garé la voiture. Canard paraissait totalement envapé, hors d'usage. Il suffisait de neutraliser l'autre pleurnichard et c'était gagné. Galvanisé par cette perspective, Jean-Jacques entreprit de consoler Antoine. Secoué par un trop-plein d'émotions, ce dernier finit par s'endormir dans ses bras. Jean-Jacques ne perdit pas une minute. Fouillant dans la trousse de Canard, il remplit une seringue de vingt millilitres de Ternazol et injecta la solution à Antoine. Par sécurité, il administra le même traitement à Canard, qui gémit et le fixa d'un regard atone lorsque l'aiguille s'enfonça dans l'œil du dragon qui s'enroulait autour de son biceps gauche. Jean-Jacques se pencha ensuite sur Julien, lui administra quelques claques sans résultat. Il fallait pourtant qu'il sorte assez du coaltar pour s'habiller convenablement, marcher droit et faire à peu près bonne figure devant les banquiers.

Le cadavre du réceptionniste faisait un peu désordre, Jean-Jacques le tassa dans le placard de la chambre 18 et le recouvrit d'une couverture, par décence. Il revint à Julien, lui appliqua sur le visage une serviette imprégnée d'eau froide. Le vieil homme gémit. La méthode était bonne.

Dans la chambre 20, Guetart estima qu'il était temps d'intervenir. Canard paraissait hors circuit, Antoine devait dormir dans la chambre 16, quant au réceptionniste, qu'il fût mort ou vivant, il ne figurait plus dans le décor. Jean-Jacques seul veillait le vieux, mais le détective se faisait fort de le neutraliser. Il mettrait ensuite son plan à exécution, et en route pour le coup le plus fumant de sa carrière.

Un crissement ténu attira l'attention de Jean-Jacques, penché sur Julien avec une autre serviette humide. Il tendit l'oreille : ou c'était une souris, ou quelqu'un essayait de forcer discrètement la serrure. Optant pour la seconde hypothèse, Jean-Jacques bondit silencieusement pour se placer à côté de la porte, prêt à assommer l'intrus avec la chaise dont il s'était emparé au passage. Le battant s'ouvrit, un homme fit un pas à l'intérieur. Balancée par Jean-Jacques, la chaise se fracassa sur ses épaules. L'intrus roula sur la moquette, estourbi. Jean-Jacques en profita pour lui lier les mains derrière le dos à l'aide de sa ceinture. Après quoi il entreprit de le fouiller. Il sortit successivement de ses poches : le rossignol qui avait servi à crocheter la serrure, un mouchoir, les clés de contact de deux véhicules, une petite bombe aérosol au poivre, un couteau à cran d'arrêt, un iPhone, un automatique Sig-Sauer P226, calibre 9 millimètres, un portefeuille contenant un permis de conduire, une carte d'identité et une carte Vitale au nom de Francis Guetart, né à Nîmes le 19 juillet 1972, ainsi qu'une dizaine de cartes de visite au même nom portant la mention professionnelle : « Détective privé ».

— Hé, hé, hé ! fit Jean-Jacques.

Sa victoire inespérée contre un professionnel lui conféra un sentiment d'euphorie. Il était fier de lui : à cinquante ans révolus, il était passé sans difficulté du statut d'apiculteur pacifique à celui de criminel endurci. Comme quoi, on peut toujours évoluer dans l'existence. Il se rendit à la salle de bains pour remplir d'eau un verre à dents dont il revint jeter le contenu à la figure de Guetart, qui grogna et toussa.

— Tu travailles pour qui ? lui demanda Jean-Jacques, s'asseyant à califourchon sur la chaise qui restait.

— Je suis à mon compte, répondit Guetart, ulcéré de s'être fait avoir.

— Tu ne m'as pas compris, là. Qui te paie pour nous suivre ?

— Dastry, mentit le détective.

— Thibault Dastry ?

— Lui-même. Il m'a chargé de veiller sur son frère.

— À mon avis, tu viens de perdre un client, ricana Jean-Jacques.

— Pas sûr. Si je ne suis pas de retour dans quinze minutes, mes collègues viendront voir de quoi il retourne.

— Hmmm, fit Jean-Jacques, ça, c'est toujours ce que racontent les mecs dans les films. En général, c'est du bluff. Ils travaillent en solo.

— On est une équipe de cinq. Dastry a les moyens. Mais tu crois ce que tu veux.

Jean-Jacques se tut. Il était plus perplexe qu'inquiet, plus contrarié qu'effrayé. Son instinct lui soufflait que Guetart était aussi rapace que lui, sinon plus, et qu'il n'avait pas intérêt à perdre la main.

— Qu'est-ce que vous espériez en enlevant Julien ? Obtenir une grosse rançon, c'est ça ? reprit le détective.

— Ferme-la ! Je réfléchis.

Jean-Jacques s'y employait en effet avec ardeur, mais ne parvenait pas à grand-chose.

— À trois, en restant dans cet hôtel pourri, vous n'aviez pas l'ombre d'une chance, je peux te le dire. Moi, j'ai étudié la question sérieusement. Je sais exactement ce qu'il faut faire, où aller, comment récupérer le pognon sans risques. Dix millions d'euros !

— Dix millions ?

— Vous comptiez lui tirer combien à Dastry ? Trois ? Un chacun ?

Toujours persuadé que l'autre bluffait, Jean-Jacques garda le silence. Dix millions ! N'importe quoi.

— Je connais l'endroit idéal, poursuivit Guetart d'un ton à la fois jaculatoire et enjôleur. Un viaduc ferroviaire désaffecté dans le Bugey. Théoriquement inaccessible. On exige qu'ils y déposent le fric depuis un hélico. On le récupère et on file par un passage que je suis le seul à connaître. Pour nous choper, ils auraient besoin de cerner un périmètre de plus de cinquante kilomètres, rien que des bois, des rochers et des prairies. Faudrait placer un homme tous les dix mètres pour empêcher quelqu'un de passer à travers les mailles du dispositif, c'est juste impossible. Tu marches avec moi ?

— Et une fois qu'on a le fric, tu me descends ? Trop facile. Mon plan à moi est sans danger. Même pas besoin d'une arme.

— Le plâtre ? C'est en rapport ? ne put s'empêcher de demander Guetart.

— Ta gueule !

— Si tu n'as pas confiance, tu peux garder le pistolet. Et on fait part à deux : cinq millions chacun.

— Ta gueule, j'ai dit !

Chaque fois que le détective ouvrait la bouche, Jean-Jacques perdait le fil ténu de sa pensée. Aussi décida-t-il de lui coller un bâillon, en l'occurrence deux chaussettes nouées ensemble. L'autre avait beau avoir la langue bien pendue, on n'entendait plus que « Mgmh ! » comme dans les BD. Pour faire bonne mesure, Jean-Jacques le traîna dans la pièce voisine et l'allongea au pied du lit sur lequel ronflait Antoine.

# 17

Soulagé, optimiste, Jean-Jacques revint dans la chambre 18 : il y tomba nez à nez avec Julien Dastry. Le vieil homme était debout, chancelant, l'air plus égaré que jamais, la perruque à peine de travers grâce au sparadrap avec lequel on l'avait finalement assujettie sur son crâne.

— Ça boume, papy ? demanda familièrement Jean-Jacques.

Il était soulagé de le voir enfin réveillé, à peu près solide sur ses jambes. Décidément, la chance tournait en sa faveur. Julien se dirigea péniblement vers la salle de bains, où il resta long-temps enfermé. Le voyage, le changement de rythme qui lui avait été imposé, les repas pris n'importe quand et les médicaments administrés en dépit du bon sens avaient bouleversé son transit intestinal. Il avait beau faire, rien ne venait. Et moins ça venait, plus il angoissait.

Jean-Jacques avait soif, il s'ouvrit une cannette de bière. Il entendit le fracas de la chasse d'eau, tirée à titre propitiatoire. Julien réapparut, la mine défaite.

— J'arrive pas à faire caca.

— Ce n'est pas grave, papy. Tout à l'heure, déclara Jean-Jacques, on va faire un petit voyage en voiture. Juste toi et moi. Tu seras bien sage, tu me promets ?

— J'arrive pas à faire caca.

— On va rencontrer des gens importants. Des amis de ton frère. Il va falloir que tu fasses un effort pour te tenir et t'habiller comme il faut. D'accord?

Difficile de savoir si le vieil homme avait compris ou non. Il dodelinait, obnubilé par ses intestins.

— Tu as faim? Tu as soif? s'enquit aimablement Jean-Jacques. Si tu as envie de quelque chose, c'est le moment de le dire.

— J'arrive pas à faire caca, répéta Julien.

Il s'assit au bord du lit et tendit machinalement la main vers les objets que Jean-Jacques avait sortis des poches du détective. Il se mit à tripoter les clés du camping-car.

— Touche pas à ça! lança Jean-Jacques.

Julien reposa aussitôt le trousseau pour s'emparer de la petite bombe aérosol, qu'il fit tourner entre ses doigts.

— Je t'ai dit de ne toucher à rien, bordel! dit Jean-Jacques en se levant.

Sous l'effet du gros mot, Julien se rétracta et commença à hululer.

— Bon sang, mais arrête ça! Merde!

Jean-Jacques n'avait toujours pas compris ce qui déclenchait cette réaction qui l'insupportait. À bout de patience, il voulut arracher la bombe des mains de Julien. Mal lui en prit : le vieil homme appuya par inadvertance sur la valve. Copieusement aspergé, Jean-Jacques se mit à hurler, à se frotter les yeux, à râler, certain qu'il allait succomber à la douleur ou à la paralysie de ses terminaisons nerveuses.

Sa réaction stupéfia Julien au point qu'il en oublia de hululer. Il se redressa, tremblant de tous ses membres. Dans le monde où il vivait, les infirmiers étaient des créatures fiables et indestructibles. En voir un se rouler par terre en poussant des cris étranglés, tandis que l'autre dormait les yeux ouverts, lui était insupportable. Sans compter qu'on lui interdisait d'aller dans le parc et que personne ne lui avait proposé de laxatif. Julien contourna précautionneusement un Jean-Jacques à l'agonie et quitta la chambre sur la pointe des pieds.

Il n'y avait personne dans le couloir, personne à la réception, et pour cause. Julien appela faiblement :

— Docteur, docteur ! Infirmière !

On ne lui répondit pas. Après une hésitation, il se risqua à pousser les portes vitrées. Rien ne se produisit. Il osa alors, à l'extérieur de l'hôtel, quelques pas prudents. Il ne pleuvait pas, il n'y avait pas âme qui vive. Une idée s'imposa alors dans l'esprit de Julien : regagner sa chambre, la vraie, terminer son puzzle de Saint-Pierre de Rome et retrouver Maryse, qui était si gentille avec lui. La Terre est ronde, lui avait expliqué Thibault un jour. Il savait de quoi il parlait, Thibault, il voyageait sans arrêt. Julien se dit qu'en marchant droit devant lui, il arriverait forcément aux Cyprès à un moment donné. Il s'éloigna à petits pas, le dos voûté, les yeux fixés sur ses pieds.

Jean-Jacques rampa jusqu'à la salle de bains, chercha le pommeau de douche à tâtons, s'aspergea la tête et le visage d'eau froide. La sensation de brûlure finit par s'atténuer. Soudain, il fut pris de nausées et vomit longuement dans la cuvette des toilettes. Il resta ensuite affalé sur le carrelage, l'esprit vide, l'estomac chamboulé. Au moment où il avait rassemblé assez d'énergie pour se relever, il sentit, contre sa nuque, la pression glaciale du canon de l'automatique.

— Reste où tu es ! lui intima le détective.

Jean-Jacques n'avait aucune envie de désobéir. Il étreignit la cuvette.

— Où est-il ?
— Euh… Qui ça ?
— Le vieux.
— Hein ? Je… Je sais pas…
Un coup sec sur l'oreille, un filet de sang le long de son cou, une douleur différente, cuisante.
— Tu ne sais pas ?
Le ton était menaçant. Jean-Jacques se hâta de préciser :
— Il m'a aspergé avec ta foutue bombe…
— Et il a foutu le camp ?
— J'ai cru être aveugle ! bêla Jean-Jacques, espérant vaguement susciter la pitié de l'autre.
— Debout !
Jean-Jacques se remit péniblement sur ses pieds. La tête lui tournait encore, ses paupières étaient rouges et enflées. Le détective avait repris tout son mordant, il paraissait déterminé.
— Il n'a pas dû aller bien loin. On va le chercher ensemble.
— Ensemble ?
— Toi et moi.
— Avec ton flingue pointé sur moi ?
Guetart haussa les épaules et escamota le pistolet.
— Essaie pas de faire le con, dit-il. Tu m'as eu par surprise, tout à l'heure, tu m'auras pas une deuxième fois. J'ai fait les commandos. Je sais tuer un homme à mains nues, entre autres choses.
— C'est bon, on se calme.
— Avance !
Jean-Jacques obtempéra. Passant devant le lit, il nota que le détective avait récupéré toutes ses affaires et que Canard, allongé dans une posture de gisant, paraissait vraiment plus mort que vif.

— Tu ne trouves pas qu'il est bizarre, Canard ? Regarde ! Il a une drôle de couleur. Il est tout raide.

Guetart jeta un bref coup d'œil au grand gars allongé.

— Il est mort, ton pote, annonça-t-il.

— Quoi ?

— Il est mort.

— Comment tu peux être sûr ?

— Des macchabs, je peux te dire que j'en ai vu un paquet : en Afrique, en Ouzbékistan, en Afghanistan. Je sais à quoi ça ressemble. Et là, ça ne trompe pas.

— Mais il est mort de quoi ? bégaya Jean-Jacques.

— Overdose, je dirais.

— Putain !

Jean-Jacques sentit la nausée remonter ; le goût de la bile envahit sa bouche. Il avait tué Canard !

— Bon, on ne va pas rester là à se lamenter ! lança le détective. Tu feras ton deuil plus tard. Allez ! On se bouge le cul !

Jean-Jacques se mit en marche d'un pas mécanique. Très vite, il se trouva des excuses : Canard mélangeait et abusait de toutes sortes de substances, un tel accident était fatal, son cœur comme son organisme devaient être fragilisés, ce n'était certainement pas la dose minime qu'il lui avait injectée qui avait entraîné la mort. Le médecin légiste qui l'examinerait parviendrait certainement aux mêmes conclusions, il ne serait pas question d'homicide. Antoine, en revanche, lorsqu'il sortirait du potage, aurait une surprise désagréable et des explications laborieuses à donner à la police, qui finirait bien par débarquer.

— Où est-ce qu'il a pu passer, ce con ?

La voix du détective ramena Jean-Jacques à la réalité. Ils étaient sur le parking de l'hôtel, fouillant l'ombre des thuyas à la recherche de Julien Dastry.

— On va prendre le camping-car et sillonner les rues autour de l'hôtel en décrivant des cercles de plus en plus larges, suggéra Guetart. C'est pas un champion de course à pied, notre client. Logiquement, on devrait tomber dessus.

Les deux hommes s'installèrent. Jean-Jacques se dit qu'ils devaient avoir l'air d'un couple de touristes gays, surtout l'autre, avec son costume à la con et sa cravate lacet. Guetart mit le contact et ils partirent à petite allure. Les rues de Ferney-Voltaire étaient quasiment désertes, le fugitif serait vite rattrapé.

*

— Je n'arrive pas à trouver le sommeil ! claironna Thibault Dastry près de l'oreille d'Edgar qui, lui, dormait profondément. Cette histoire me bouleverse…

— C'est bien normal, convint son assistant en réprimant, autant que possible, sa contrariété et ses bâillements.

— Vous vous rendez compte du cynisme de ces gens, de leur absence d'humanité ? Ils m'auraient enlevé, moi, je ne dis pas. Mais mon pauvre frère…

— Cela devrait nous inciter à prendre des mesures de sécurité sérieuses, Thibault. Engager des gardes du corps, au moins pour vos déplacements. Je vous l'ai toujours conseillé.

— Jusqu'ici, je ne m'étais jamais senti menacé. J'avais tort, j'en conviens. Je croyais que tous ces mouvements gauchistes avaient été éradiqués. Là aussi, je me trompais.

— Ils sont certainement moins organisés aujourd'hui qu'à l'époque d'Action directe, minimisa Edgar, qui rêvait de pouvoir se rendormir. Plus amateurs.

Vous avez entendu Rostopchine, leur arrestation ne fait aucun doute…

— C'est une drôle de chose, vous savez, dit Thibault Dastry en s'asseyant sur le bord du lit.

Il a choisi son moment pour s'épancher, le vieux schnock, pesta Edgar in petto. Trop tard, le milliardaire était lancé. Une heure du temps de son assistant lui coûtait, quoi qu'il en soit, nettement moins cher qu'une séance sur le divan d'un psy.

— Un jumeau, c'est un peu comme un double, voyez-vous ? On ressent souvent les mêmes choses au même moment, avec la même intensité, du moins pendant l'enfance. Alors imaginez ce qu'il en est lorsque votre jumeau est diminué comme l'est Julien… L'image qu'il vous renvoie… C'est vous qui auriez pu être à sa place ! Il s'en est fallu d'un cheveu. Vous comprenez, Edgar ?

— Je comprends.

— Cela dit, il m'est arrivé de l'envier ! Si, si, je vous assure. Une vie exempte de toute responsabilité, aucune décision à prendre, tout le monde aux petits soins autour de vous. Une enfance éternelle, en somme. Lorsque je le voyais penché sur ses fameux puzzles… Je vous ai dit qu'il était doté d'une sorte de génie pour reconstituer les puzzles ?

— Je lui en ai acheté plusieurs de votre part.

— Ah oui. Si l'on y réfléchit, c'est peut-être le même génie qui a fait de moi l'homme d'affaires que je suis devenu. C'est troublant…

Thibault Dastry médita un moment sur l'étendue de son génie avant de reprendre :

— Je vais vous faire une confidence que je n'ai jamais faite à quiconque, Edgar. Ma mère préférait mon frère. Eh oui ! Il n'y en avait que pour Julien. Ce « pauvre Julien », comme elle disait toujours. Aujourd'hui, je ne lui en veux plus, je comprends que c'était son instinct maternel qui la faisait agir de la sorte, ce besoin irrationnel de protéger le plus faible. Mais lorsque j'étais petit, je vivais mal cette préférence, je dois l'avouer. Alors, pour me faire remarquer, dans l'espoir d'être aimé, moi aussi, je m'efforçais d'être le meil-leur dans tout ce que j'entreprenais. C'est ainsi qu'au lycée, j'ai décroché les premières places dans toutes les matières. Les coupes et les récompenses dans tous les sports que j'ai pratiqués. En fin de compte, c'est un peu grâce à mon frère que je suis devenu l'un des hommes les plus puissants de ce pays…

Et grâce à la coquette fortune que votre papa vous a laissée, fut tenté d'ajouter Edgar.

— Nous sommes complémentaires, Julien et moi, poursuivit Thibault Dastry. Je suis la face brillante, il est celle de l'ombre. Mais si on le blesse, c'est moi que l'on blesse, comprenez-vous ?

— Tout à fait, Thibault.

— À l'adolescence, je n'avais pas la même attitude, bien entendu. J'avais honte de Julien, j'étais prêt à le renier, comme Pierre a renié Jésus, le soir de son arrestation. Sur le moment, j'ai été très soulagé que Julien soit placé en institut. Tout ce que je vous raconte ce soir, à propos de notre gémellité, de notre complémentarité, je l'ai compris plus tard, la maturité aidant.

— Et vous n'avez jamais été tenté de créer une fondation pour les gens comme votre frère ? osa demander Edgar. Ou de favoriser la recherche sur le mal dont il est atteint ?

Thibault Dastry mit si longtemps à répondre que son assistant se demanda s'il n'avait pas commis une bourde irréparable en évoquant le sujet.

— Une fondation, murmura le milliardaire… Une fondation… C'est une excellente idée, en effet. Pourquoi ne m'a-t-elle jamais traversé l'esprit ? Eh bien, c'est entendu, Edgar ! reprit-il d'un ton chargé d'émotion. Quelle que soit l'issue de ce drame, nous allons créer une fondation ! Et elle portera le nom de Julien Dastry ! Je vous laisse établir les grandes lignes du projet, son financement, etc. Voyez s'il ne serait pas intéressant de l'installer en Suisse, ou au Luxembourg, les régimes fiscaux et successoraux y sont plus avantageux, je ne vous apprends rien.

Thibault Dastry s'enflamma encore un moment pour « sa » fondation. Il exigea une étude et un *business plan* dans les meilleurs délais. Edgar se serait battu : pourquoi avait-il lancé cette ânerie ? Sa nuit était foutue. Il se mit au travail tandis que son patron, apaisé, regagnait son lit.

*

Le capitaine Bourcadieu et Rostopchine en étaient toujours à se demander s'il fallait rechercher Julien Dastry du côté de la Suisse ou sur la Côte d'Azur lorsque le garage Chevergnaud & Fils de Ferney-Voltaire fit savoir que la Daimler recherchée était chez eux.

— On aurait bien appelé plus tôt, s'excusa Chevergnaud père, on est pour aider la police, nous autres, mais c'est Shirley, la secrétaire ! Elle est un peu gourde, on va dire. Elle m'a pas montré votre fax tout de suite.

— Avez-vous vu les propriétaires de la Daimler ? coupa Yolande, qui avait tenu à prendre l'appel elle-même.

— Tout à fait m'dame.

— Pouvez-vous me les décrire, demanda-t-elle, renonçant à se faire appeler par son grade.

— Ben, j'en ai vu un p'tit avec une casquette qui ressemble un peu à un rat, mais lui, c'est le chauffeur, à mon avis.

— Et l'autre ?

— Un grand blond baraqué. Passez-moi l'expression, m'dame, mais ce matin même, il est venu nous chier un cake parce que la voiture était toujours pas réparée. Ils sont marrants, les clients ! On peut pas aller plus vite que la musique ! conclut-il avec son accent traînant.

— Percier et Pouchardon ! exulta le capitaine en raccrochant. Cette fois, on les tient !

— Ne nous emballons pas, dit Rostopchine, c'est certainement un leurre.

Dotée des portraits des trois ravisseurs présumés, la gendarmerie de Ferney-Voltaire fut, cette fois, chargée d'entamer une enquête de voisinage et de surveiller discrètement les abords du garage Chevergnaud & Fils, le temps que le capitaine Bourcadieu et Rostopchine arrivent sur place.

Sur les photos qu'on lui montra, le propriétaire du bureau de tabac reconnut immédiatement Antoine, qui était venu lui acheter des cigarettes et du papier à rouler. Il lui avait demandé où il pourrait trouver un puzzle de mille cinq cents pièces, une question aussi saugrenue, ça l'avait frappé. La pharmacienne, elle, se souvenait de Jean-Jacques, qu'elle avait trouvé bel homme. Il était venu acheter du sparadrap, du Synthol, du désinfectant, de la bande Velpeau et une écharpe de soutien.

— Il s'était fait mal au bras ? demandèrent les gendarmes.

— Non, ce n'était pas pour lui.

À l'Hôtel des Alpes, les gendarmes tombèrent sur un directeur d'une humeur exécrable. Son réceptionniste, un jeune homme auquel on avait pourtant promis un CDI, avait disparu au petit matin sans un mot d'excuse. Résultat, il était obligé de tenir lui-même l'accueil, de se taper les réservations, les *check-in* et *out*, alors que des tâches autrement plus gratifiantes le sollicitaient.

— Voilà comment se comportent les jeunes, aujourd'hui, s'emporta-t-il. Il n'y a plus d'éducation, plus de respect, plus de conscience professionnelle. Et on s'étonne que l'économie de ce pays parte à vau-l'eau !

Lorsqu'on lui montra les photos, il déclara qu'il ne connaissait pas ces individus. En revanche, la première femme de chambre à laquelle on les présenta reconnut aussitôt les occupants des chambres 16 et 18. Des clients qui avaient plutôt « mauvais genre », confia-t- elle, et qui étaient malpropres. Les gendarmes établirent un cordon de sécurité autour de l'hôtel.

On attendait l'arrivée du capitaine Bourcadieu pour appréhender les suspects.

# 18

Julien allait à petits pas, par saccades, regardant le moins possible autour de lui. Cette façon de progresser, assez proche de celle d'un écureuil, l'agilité en moins, l'amenait à emprunter des passages presque invisibles, à traverser des cours et des arrière-cours d'immeubles, des jardins et des pelouses sur lesquelles des panneaux précisaient qu'il était défendu de marcher ou de divaguer. On sentait là l'influence de la Suisse voisine… Il ne se trouva, toutefois, ni gardiens ni concierges pour le rappeler à l'ordre. Julien buta bientôt contre un obstacle inattendu, un petit cours d'eau insalubre qui coulait entre deux talus plantés d'aulnes et d'orties. Le ruisseau était maigre, il suffisait de l'enjamber, mais Julien avait peur de l'eau lorsqu'elle ne coulait pas du robinet. Il hésita longtemps avant de se risquer dans le courant, poussant de petits cris lorsque le liquide transperça ses chaussures, imprégnant ses chaussettes. Il parvint à remonter sur la berge opposée en s'agrippant aux branches des aulnes, mais ses semelles trempées glissèrent sur des racines et il perdit l'équilibre. Par réflexe, il mit son bras droit devant lui pour se protéger, et le plâtre se brisa en plusieurs morceaux au contact du sol. Julien en fut soulagé : cette espèce d'excroissance, dont la nécessité lui échappait, était à la fois lourde, encombrante et désagréable. Il acheva de casser le plâtre à l'aide d'un caillou et en jeta les débris dans le ruisseau. Ainsi délesté, il repartit, longeant le mur d'une ancienne fabrique. Profitant d'une brèche, il traversa obliquement un terrain qui servait d'aire de stockage à une entreprise de matériaux de construction, puis un camp de gitans où une femme était occupée à pendre une lessive. Elle releva la tête, surprise que les chiens n'aboient pas au passage de l'intrus. Elle interpella Julien, qui poursuivit son chemin sans lui accorder un regard. Elle comprit à son air et sa démarche qu'il s'agissait d'un simple d'esprit et s'amusa que les chiens s'en soient rendu compte avant elle.

Cet itinéraire improbable et furtif fit que jamais la route de Julien ne croisa celle du camping-car dans lequel Guetart et Jean-Jacques écarquillaient en vain les yeux, incapables de comprendre comment un idiot, à pied, parvenait à leur échapper. Ils finirent par penser qu'il était peut-être monté à bord d'une voiture ou d'un bus, et prirent, à toutes fins utiles, la direction de Genève.

La frontière entre France et Suisse n'est, théoriquement, plus que symbolique. Néanmoins, douaniers et policiers veillent toujours, moins nombreux qu'autrefois, il est vrai. Tandis que Julien passait d'un pays à l'autre à son insu, le camping-car était prié de se ranger commodément pour ne pas gêner la circulation des autres véhicules. Quelque chose, dans le couple mal assorti que formaient Guetart et Jean-Jacques, avait attiré l'attention des policiers de la PAF. Ils trouvèrent étrange que ces deux touristes viennent visiter la Suisse, ainsi que le prétendit Guetart, sans bagages ni appareils photo. Les papiers du détective étaient en règle, mais il ne possédait pas de permis pour le pistolet qu'il avait cavalièrement glissé dans sa ceinture.

— C'est professionnel, se défendit-il en exhibant sa carte de visite. Vous pouvez vérifier, je suis détective privé.

— Cela ne vous autorise pas à vous trimballer avec cette pétoire, lui expliqua-t-on.

— Je sais m'en servir, vous savez. Il n'y a aucun problème. J'ai fait partie des services spéciaux.

Le regard des flics s'attarda sur le costume western, la cravate lacet, les santiags. Un client rigolo, ça n'était pas tous les jours.

— Les services spéciaux, hein ? Le FBI, peut-être ?

Guetart se retrouva bouclé pour port d'arme illégal.

Jean-Jacques, lui, aurait pu sortir libre du poste si sa carte d'identité n'avait été périmée. Sur la photo pâlie, il portait une barbe et des locks, il était méconnaissable. En effectuant quelques vérifications, on s'aperçut qu'il était activement recherché depuis vingt-quatre heures. Il eut droit à une cellule à part, pour lui tout seul.

*

Julien parvint aux abords de la gare de Genève-Cornavin. Il percevait, tout autour de lui, la rumeur de la ville, mais s'efforçait de rester concentré, de mettre un pied devant l'autre, sachant que s'il relevait la tête, il serait emporté par un raz-de-marée sonore et visuel. Il descendit la rue du Mont-Blanc et franchit le pont du même nom sans un regard pour le lac et le jet d'eau.

Rue Ferdinand-Hodler, il fit une rencontre.

Florian Vaudruz travaillait depuis trois ans dans la succursale genevoise de la banque Ottisberg SA, établissement prospère, destiné à une clientèle haut de gamme. Thibault Dastry était l'un de ses prestigieux clients. Florian l'avait aperçu à plusieurs reprises, à l'étage où l'on recevait les huiles. Employé anonyme, travaillant parmi d'autres dans la salle des marchés, il n'avait évidemment jamais été amené à lui adresser la parole, mais il connaissait peu ou prou le montant de ses avoirs et la teneur de son portefeuille, ce qui suffisait à lui imposer le respect.

Par conséquent, Florian fut extrêmement surpris d'apercevoir Mr Thibault Dastry allant seul à pied et à pas comptés le long de la rue Ferdinand-Hodler. Mr Dastry ne portait pas de cravate, ses cheveux étaient bizarrement coiffés, il n'était pas rasé non plus, ses chaussures et son bas de pantalon étaient crottés. Autant de détails choquants aux yeux de Florian, toujours tiré à quatre épingles ainsi que l'exigeait Mme Kohler, sa supérieure. Mais les milliardaires ont la réputation d'être excentriques, voyez Howard Hughes, vivant nu et reclus dans une chambre d'hôtel de Las Vegas.

Florian salua poliment Mr Dastry qui, bien entendu, ne lui rendit point son salut. L'employé de banque fit quelques pas avant de se retourner, frappé par l'allure incertaine et timorée du vieil homme. Loin de ressembler à l'arrogant P-DG qu'il lui était arrivé de croiser, Thibault Dastry avait l'expression ahurie du type qui vient de perdre sa fortune dans un krach boursier. Ce qui n'était pas le cas : Florian avait passé la matinée devant son écran, toutes les places financières étaient orientées à la hausse, rien ne laissait présager ne fût-ce qu'un fléchissement.

Le jeune homme analysa rapidement la situation : il pouvait faire celui qui n'avait rien vu et aller déjeuner tranquillement, à n'en pas douter la solution la plus sage. Il pouvait aussi aborder le milliardaire et lui proposer son aide : soit l'autre l'enverrait péter, dans ce cas, il passerait son chemin et se ferait discret la prochaine fois que le client viendrait à la banque, soit, au contraire, il lui serait reconnaissant de son attention – il conviendrait alors de s'identifier clairement pour que, lors de sa prochaine visite chez Ottisberg SA, Thibault Dastry le remerciât publiquement, et si possible à portée d'oreille de Mme Kohler. Deux gardiens de la paix approchaient d'un pas lent, ce qui décida Florian à intervenir :

— Monsieur Dastry, puis-je vous aider ?

Julien stoppa net. Lentement, craintivement, il leva les yeux vers l'homme qui s'était adressé à lui : il était jeune, bien vêtu, portait de fines lunettes. Il souriait aimablement. Certainement un docteur, conclut Julien. Et aux docteurs, on peut tout dire.

— J'ai faim ! murmura-t-il.

Sa longue promenade lui avait creusé l'appétit. La trivialité de la réponse choqua Florian, qui n'en laissa rien paraître. Ayant lu des biographies de dictateurs et de célébrités hollywoodiennes, il savait que la délicatesse n'est pas toujours l'apanage des puissants. Habitués à obtenir ce qu'ils désirent dans la minute, ils ne se donnent pas la peine de prendre des gants.

— Certainement, monsieur Dastry, dit Florian.

Il s'étonna que le milliardaire n'entrât pas dans le premier restaurant venu pour commander ce dont il avait envie. Voire même pour acheter l'établissement. Mais peut-être qu'à force d'être entouré, dorloté, assisté, il était incapable de se débrouiller seul dans une grande ville ? Que faisait-il seul, d'ailleurs ? Florian l'avait toujours vu flanqué d'un bras droit aussi enjoué qu'un réformateur protestant, ou entouré d'un aréopage de flagorneurs en costumes trois pièces. Quoi qu'il en soit, il y avait, à deux pas, un tea-room très convenable où il arrivait à l'employé de banque de déjeuner. Il pilota le vieil homme dans cette direction, poussa la porte de l'établissement et choisit une table éloignée de l'entrée au cas où passerait l'un des collègues. Il tenait à garder secrète cette curieuse rencontre.

— Qu'est-ce qui vous ferait plaisir, monsieur Dastry ? demanda-t-il. Un sandwich club ? Une salade ? Une petite croûte au fromage ? Elles sont très bonnes, ici…

Une photo de chacun de ces plats figurait sur leurs sets de table en papier. Florian les désigna d'un doigt timide à Mr Dastry, qui ne parut guère intéressé.

— Et que souhaitez-vous boire ? De l'eau plate ? Gazeuse ? Un jus de fruits ? C'est un tea-room, ils ne servent pas d'alcool.

Julien hocha la tête. Il était vraiment gentil, ce docteur. Une voix douce, des mains très propres, très soignées. Devant le silence bienveillant du vieil homme, Florian choisit la formule déjeuner qui, pour un prix modique, comprenait une petite salade, un sandwich, une pâtisserie maison et une boisson. Une jolie serveuse brune vint prendre la commande. « Maria-Dolorès », précisait son badge.

Florian fut stupéfait de la voracité avec laquelle le milliardaire se jeta sur la nourriture. À croire qu'il n'avait pas mangé à sa faim depuis plusieurs jours. Ses manières étaient carrément déplorables. Le jeune employé de banque tenta néanmoins de connaître l'opinion de Mr Dastry sur diverses questions économiques préoccupantes, mais l'autre se contenta de le fixer d'un œil rond, injecté de sang, n'ayant pas l'air de comprendre, mastiquant son brownie bouche ouverte en répandant quantité de miettes sur lui et autour de lui. Légèrement dégoûté, Florian n'insista pas. Soudain le vieil homme se leva en déclarant :

— Je dois aller faire caca.

Florian en avala son jus d'orange de travers. L'impudeur des possédants !

La jolie serveuse brune qui leur avait servi les plateaux-repas indiqua les toilettes à Julien. Il y resta une bonne demi-heure, concentré, sourd aux coups frappés régulièrement à la porte par ceux qui trouvaient les lieux occupés. Affreusement gêné, Florian tremblait qu'un client ne vînt se plaindre à lui du temps que son compagnon passait aux toilettes. Mais rien de tel ne se produisit. Quant à Julien, sa patience et ses efforts furent récompensés : il était venu à bout de sa constipation.

En le voyant revenir, une expression béate sur le visage, la braguette boutonnée de travers, un pan de chemise dépassant de la ceinture, Florian commença à penser que quelque chose ne tournait vraiment pas rond.

— Tout va bien ? demanda-t-il.

— Oui. Tout va bien. J'ai fait caca.

Florian comprit soudain et frissonna : la maladie d'Alzheimer ! Il était même sérieusement atteint, le vieux. Tout de même, un type comme Dastry devait être entouré en permanence : assistants, larbins, gardes du corps et autres esclaves. Était-il possible que personne ne se fût aperçu de rien ? Ou alors on n'osait rien lui dire ? Dastry étant l'un des hommes les plus puissants de son pays, sinon du monde, qui pouvait prendre la décision de l'interner ? À moins qu'il ne s'agît d'une crise subite ? Ou qu'il se fût échappé d'un établissement spécialisé où l'on cachait son état à l'opinion publique et à ses actionnaires ? L'hypothèse n'était pas si absurde que cela, en fin de compte.

Dans la salle des marchés où il se perfectionnait chaque jour, Florian devait apprendre à maîtriser ses nerfs, à réagir au quart de seconde en fonction des variations des cours mondiaux. Acheter ou vendre des milliards d'un clic de souris réclame de solides réflexes et un esprit bien structuré. Il n'avait pas encore le titre et les pouvoirs d'un véritable trader, Mme Kohler supervisait toujours son travail, mais prendre une décision sans barguigner ne l'effrayait pas. Aussi, lorsque germa dans son esprit l'idée scabreuse de profiter de la situation pour faire main basse sur une partie de l'argent du vieux schnock, il l'analysa froidement et conclut : risque mesuré, bénéfice considérable.

Florian gérait l'argent des autres sans envie et sans états d'âme, et sa vie lui convenait. Mais cette porte subitement entrouverte sur la salle du trésor bouleversait la donne. « La vie ne repasse jamais les plats ! » lui répétait sa mère, qui n'avait eu, la pauvre, que les miettes du festin. En énonçant cette maxime, elle ne pensait évidemment pas au détroussage d'un milliardaire français, mais les temps avaient changé, les opportunités aussi. « L'avenir appartient à ceux qui savent s'adapter. L'homme du XXIe siècle sera flexible ou ne sera pas », avait appris Florian à l'école de commerce. Son plan se dessinait à mesure dans sa tête, limpide, audacieux. Toutefois, on ne franchit pas impunément le Rubicon qui sépare l'honnête homme du délinquant, fût-il en col blanc, et Florian, saisi par les scrupules et la peur d'être attrapé, frissonna longuement.

La serveuse posa sur leur table une soucoupe contenant l'addition et deux petits chocolats, le modèle carré de la maison Lindt, dont l'emballage figure une vue typique de la Suisse : bateau à vapeur sur le lac des Quatre-Cantons, château de Chillon, etc. Ces images minuscules enthousiasmèrent Julien, qui rafla les chocolats et les fourra dans sa poche. Plus tard, lorsqu'il aurait retrouvé Maryse, sa chambre et ses crayons de couleur, il les recopierait.

Florian, qui l'observait, jugea choquant que le milliardaire ne fît même pas mine de porter la main à sa poche pour régler la note.

Richissime mais radin. Ou gravement perturbé par la maladie. Le jeune homme paya donc le déjeuner et lança :

— J'habite à deux pas d'ici. Vous ne voulez pas venir vous reposer chez moi ? Vous paraissez fatigué…

— Fatigué, oui. Je suis très fatigué.

Avec des gestes pleins de sollicitude, Florian aida Julien à se lever et le conduisit, à petits pas, à son domicile de la rue Rodolphe-Toepffer – où il occupait un coquet deux-pièces. Les coupoles dorées de l'église russe, que l'on apercevait de la fenêtre de la cuisine, ravirent Julien au point qu'il battit des mains et poussa de petits cris de joie, confirmant le diagnostic de Florian : Thibault Dastry avait résolument perdu la boule. Le jeune homme le fit allonger sur son lit, le recouvrit de la couette et lui donna à boire un sédatif léger, dilué dans un verre d'eau. Après quoi il téléphona à Mme Kohler pour annoncer qu'il était souffrant, son déjeuner ne passait pas. Il ferait l'impossible pour venir travailler le lendemain.

— Demain, c'est samedi, fit observer Mme Kohler.

— Ah oui, vous avez raison. Je n'y pensais plus. Voyez, je me sens si mal que…

— Je compte sur vous lundi matin. Et au top !

— Certainement, madame Kohler.

Florian commença par éplucher, sur Internet, les informations concernant Thibault Dastry. Rien ne laissait supposer qu'il fût gravement malade, bien au contraire. Aux dernières nouvelles, il était à Shanghaï pour négocier un énorme contrat de travaux publics. L'idée effleura Florian que le groupe Dastry usait peut-être d'un sosie pour cacher l'état réel de son P-DG. Dans ce cas, n'obtiendrait-il pas autant d'argent en menaçant de révéler la vérité ?

Non, il ne se voyait pas en maître chanteur, il n'avait pas la carrure, mieux valait s'en tenir au seul domaine qu'il maîtrisât, celui de la finance. Et cette idée de sosie était par trop rocambolesque.

Florian passa les deux heures suivantes à ouvrir des comptes à son nom dans différentes banques en ligne, dont certaines avaient leur raison sociale en Indonésie et en Malaisie. Il sélectionna et imprima ensuite des ordres de virement de la banque Ottisberg SA ; il les remplit, créditant le compte numéro 1 de trois cent cinquante mille euros, le numéro 2 de deux millions de francs suisses, et ainsi de suite. Le total avoisinait les vingt millions d'euros, une somme presque dérisoire pour Dastry, mais qui permettrait à Florian de prendre, sous les tropiques, une retraite anticipée. La troisième phase de son plan était la plus aléatoire : une fois les ordres de virement complétés, restait à les faire signer à Dastry. Y consentirait-il ? Se méfierait-il ? Et surtout, vu son état, se souviendrait-il de la « signature convenue », unique sésame pour débloquer les fonds du compte numéroté que Florian avait choisi de ponctionner ? Avec un humour discutable, certains clients de la banque usaient de pseudonymes, genre Crésus ou Oncle Picsou, d'autres ajoutaient simplement à leur nom une suite de chiffres ou un paraphe alambiqué. Qu'avait bien pu choisir Thibault Dastry ?

Florian revint observer le milliardaire endormi : sa respiration était irrégulière, sa gorge encombrée. Il portait, cela lui sautait aux yeux maintenant, une perruque mal ajustée. Et sa barbe poussant, dans deux jours il aurait vraiment l'air d'un clodo. Il a pourtant les moyens de s'offrir des implants dans les meilleures cliniques… On est décidément peu de chose ! se dit le jeune homme. Hier l'un des grands de ce monde, craint et courtisé, aujourd'hui, une épave à la dérive. Tout cela parce qu'une poignée de cellules cérébrales s'étaient mises à déconner. Le signal sonore discret annonçant l'arrivée d'un SMS interrompit cette envolée philosophique.

« Toujours OK pour ce soir ? » demandait Valérie, sa petite amie.

« Pas possible. Suis malade », répondit-il aussitôt. Il n'était pas question de la mêler à ce qu'il allait entreprendre. Trop risqué et terriblement malhonnête. Elle s'enquit : « Zut, qu'est-ce que t'as ? », « Gastro carabinée ! » écrivit Florian en retour, tablant sur le côté répugnant et contagieux de l'affection pour tenir Valérie à l'écart.

« Pauvre chéri. C'est pas de chance. Soigne-toi bien. »

Absorbé par son délirant projet, Florian avait oublié la charmante Valérie. S'il parvenait à faire main basse sur les millions de Thibault Dastry, lui proposerait-il de partager son exil doré ? Il serait difficile de lui faire croire qu'il avait gagné au loto, elle n'était pas idiote. Serait-elle alors choquée qu'il ait dévalisé un client de la banque ? Sans doute. Mais irait-elle jusqu'à le dénoncer à la police ? Florian ne sortait avec Valérie que depuis six mois ; il se rendit compte que, s'il connaissait son corps dans les moindres détails, il savait peu de choses de ses pensées ou de ses opinions.

Julien ouvrit un œil à l'heure du thé : il avait besoin de faire pipi. Florian dut l'escorter jusqu'aux toilettes, car il tenait à peine sur ses jambes. Il lui proposa ensuite de boire ou de manger quelque chose, mais

Julien ne réagit pas. Installé à la table de la cuisine, il paraissait de nouveau hypnotisé par les coupoles dorées de l'église, absorbé dans une profonde rêverie. Florian en profita pour apporter les ordres de virement prérem-plis et les posa devant son hôte, ainsi qu'un stylo bille.

— Pourriez-vous signer ces papiers, monsieur ?

Julien ne répondit pas.

— S'il vous plaît.

Toujours pas de réaction. Précautionneusement, Florian glissa le stylo entre les doigts du vieil homme.

— Monsieur Dastry. Une signature ?

Julien contempla le stylo qu'il tenait de la main droite sans paraître comprendre l'usage qu'il devait en faire. Florian tenta alors d'adopter un ton ferme et professionnel.

— Monsieur Dastry. S'il vous plaît. Nous avons absolument besoin que ces documents soient signés de votre main.

Une lueur passa dans les yeux bleus de Julien : il fit alors passer le stylo de sa main droite à la gauche, celle avec laquelle il dessinait, et traça, au bas du premier ordre de virement, le nom J.U.L.I.E.N. en lettres bâtons. Florian soupira. Le vieux était tellement largué qu'il ne se souvenait pas de son propre prénom !

— Monsieur Dastry, murmura-t-il. Votre prénom est Thibault.

— Non. Thibault, c'est mon frère, dit Julien en signant de la même façon le deuxième ordre de virement. Je l'aime Thibault. Mais il ne vient pas me voir souvent.

Allons bon. Voilà qu'il s'invente un frère. La maladie d'Alzheimer, avait lu Florian dans un magazine, joue ce genre de tours à ceux qui en sont atteints. Le milliardaire, qui semblait prendre un certain plaisir à l'exercice, écrivit soigneusement J.U.L.I.E.N. sur tous les ordres. Puis il déclara :

— Je suis fatigué.

Florian l'aida à se mettre debout et le reconduisit doucement jusqu'au lit, où l'autre s'endormit aussitôt. Le jeune homme revint à la cuisine et contempla tristement la petite pile des ordres de virement. C'était raté. Dès que le vieux serait réveillé, il irait le remettre dans la rue, là où il l'avait trouvé, et tâcherait d'oublier qu'il était passé, l'espace de quelques heures, à côté de la fortune. Florian allait jeter les documents lorsqu'il se ravisa. Et si ce J.U.L.I.E.N. était la signature convenue du milliardaire ? Il se pouvait, après tout, que le souvenir en ait flotté à la surface de son cerveau endommagé. Foutu pour foutu, il ne risquait pas grand-chose à déposer les ordres dans la boîte aux lettres de la banque. Le service auquel ils étaient destinés comparerait la signature avec le modèle qui était conservé dans le dossier de Thibault Dastry ; s'il s'agissait d'un faux, la police serait avisée, mais la tentative d'escroquerie paraîtrait si naïve et grossière qu'une enquête paraissait improbable. Florian consulta sa montre : presque dix-huit heures. Il ne risquait pas de croiser Mme Kohler ou l'un de ses collègues en allant déposer les documents. Avec le sentiment de jouer un fantastique coup de poker, Florian inséra les ordres de virement dans une grande enveloppe et quitta son appartement.

# 19

À son retour, Mr Dastry dormait toujours. Florian répugnait à l'arracher à sa sieste, mais bon, il n'allait pas non plus le garder chez lui indéfiniment. Il lui toucha doucement l'épaule. Pas de réaction. Il le secoua un peu. Toujours pas de réaction. Florian fut frappé par son immobilité. Le seul mort qu'il eût jamais vu de près était son grand-père, quelques années auparavant, dans une chapelle du funérarium. Il affichait la même expression que la famille avait qualifiée d'« apaisée ». Saisi d'un doute affreux, le jeune homme observa la poitrine de Mr Dastry : elle ne se soulevait pas. Il posa l'oreille à l'emplacement du cœur : il n'entendit rien, mais peut-être n'écoutait-il pas au bon endroit, c'est vaste, la poitrine. Florian tenta ensuite de prendre le pouls à la jugulaire, comme il avait vu faire au cinéma, mais il ne sentit rien. Il courut chercher un miroir à la salle de bains et le présenta devant le nez et la bouche du vieil homme sans qu'aucune buée se formât. Il renonça à enlever la chaussure pour lui mordre l'orteil, ainsi que cela se pratiquait jadis, tragiquement certain, désormais, que Thibault Dastry était mort. Chez lui. Dans son deux-pièces de la rue Toepffer.

Comment allait-il expliquer ça aux autorités ? Comment ? Il pouvait, bien entendu, raconter la vérité : il avait rencontré par hasard dans la rue Mr Dastry, ce dernier ne se sentait pas bien, il l'avait invité à monter chez lui se reposer, et là, il avait cassé sa pipe. Difficile, toutefois, d'expliquer pourquoi ils étaient allés déjeuner avant, et, surtout, pourquoi il n'avait prévenu personne. Il y avait enfin l'enveloppe aux ordres de virement, désormais impossible à récupérer dans la boîte aux lettres sécurisée de la banque, qui le ferait immédiatement soupçonner d'avoir voulu monter une arnaque et peut-être même accuser de l'assassinat du milliardaire. Comparée à d'autres villes de même importance, Genève possède un irremplaçable atout : son lac. Il est si commode d'y faire disparaître un cadavre convenablement lesté. Telle fut la conclusion à laquelle parvint Florian au terme d'un long débat avec lui-même. Toutefois, il n'allait pas être facile de trimballer le corps jusqu'à la Jonction, l'endroit qui paraissait propice à ses desseins.

La technique habituellement employée au cinéma par les assassins amateurs est celle du tapis dans lequel on roule le macchabée. Jeune homme aux goûts modernes, Florian affectionnait les planchers nus. Aller acheter un tapis maintenant pourrait paraître louche. D'ailleurs les magasins devaient être fermés. On pouvait également démembrer la victime et répartir ses restes dans divers sacs poubelle opaques, mais Florian, incapable de découper le poulet du déjeuner dominical, se sentait peu d'inclination pour ce travail d'équarrisseur. En outre, dînant rarement chez lui, il ne possédait pas de couteaux convenables. Restait la ruse qui consisterait à soutenir Thibault Dastry comme s'il était ivre mort ; mais la balade jusqu'au lac serait physiquement éreintante, et il courait le risque de tomber sur des flics qui voudraient soit appeler les secours, soit les conduire au poste.

Florian était prêt à céder au plus abject découragement lorsqu'un bruit le glaça : celui d'une clé dans la serrure ! Le temps qu'il bondisse sur ses pieds, Valérie était entrée dans l'appartement. Inconséquence de l'amour ! Jamais il n'aurait dû lui donner sa clé !

— Qui t'a permis d'entrer ? hurla-t-il.

La jeune femme fut stupéfaite et peinée : jamais elle ne l'avait entendu hausser le ton.

— Excuse-moi… Je te croyais malade. Je n'ai pas voulu te réveiller au cas où tu serais assoupi.

— Il ne fallait pas, il ne fallait pas ! répéta Florian, complètement affolé.

Valérie le dévisagea avec attention : il n'était pas dans son état normal, les cheveux ébouriffés, la cravate de travers, le rouge aux joues et au front.

— Tu as l'air malade, observa-t-elle, mais pas comme je le pensais.

— Ça va mieux, ça va mieux.

Un affreux soupçon traversa alors l'esprit de la Valérie : Florian était avec une autre ! Mais oui, bien sûr, cela expliquait son embarras, son affolement, sa rougeur, ces regards anxieux qu'il ne cessait de jeter derrière lui, vers la porte de sa chambre. L'autre devait déjà être au lit, nue, ou pire, à moitié dévêtue, en dessous affriolants. Certainement une collègue de la banque qu'il avait attirée chez lui.

— Je la connais ? demanda Valérie d'un ton glacial.

— Qui ? Quoi ?

— Celle qui est avec toi, je la connais ?

— Mais… Il n'y a personne !

— Je ne te crois pas.

— Valérie ! Je te le jure !

— Si c'est vrai, j'exige que tu ouvres la porte de ta chambre.

— Non, ça je regrette, mais c'est impossible.

— Alors c'est qu'il y a une femme !

— Valérie, je ne peux pas t'expliquer, mais ce n'est pas une femme.

— Alors c'est quoi ? Un homme ?

— Il vaut mieux que tu ne saches pas. Que tu rentres chez toi. Que tu m'oublies. Je ne veux pas que tu aies des ennuis à cause de moi !

— Tu as fait une bêtise ? demanda-t-elle après un temps.

— Oui. Une bêtise énorme, gigantesque. Mais tu n'as pas à en subir les conséquences.

— La bêtise, elle est dans ta chambre, c'est ça ?

— C'est ça.

— Je veux la voir.

— Non !

Valérie fit mine de renoncer puis, brusquement, elle s'avança de trois pas en direction des toilettes, feinta Florian, et ouvrit, à la volée, la porte de la chambre à coucher. Un vieil homme, vaguement barbu, était étendu sur le lit, ses chaussures boueuses, qu'il n'avait pas pris la peine d'ôter, dépassaient de la couette.

— C'est qui, ce SDF ?

Alors Florian craqua. L'effort que lui avait coûté de conserver intacts son calme et ses facultés de raisonnement fut balayé par un torrent d'émotions, un mélange de peur et de soulagement. Il fondit en larmes dans les bras de sa petite amie.

Une fois qu'il fut calmé, Valérie prépara deux vodka-tonics et l'invita à raconter son histoire. Florian déballa tout, sans la moindre omission.

Valérie sortait avec Florian parce qu'elle le trouvait mignon, bien élevé, propre et distrayant au lit. Au terme de son récit, elle se prit à penser qu'elle pourrait très bien tomber amoureuse d'un type assez gonflé, assez inconscient, assez imaginatif pour envisager, sur un coup de tête, de vider les comptes d'un milliardaire pour lequel elle n'éprouvait, au demeurant, aucun respect. Elle déclara, de but en blanc :

— Tu as une grande couette.

— Hein ? Oui… Pourquoi ?

— Tu as donc aussi une grande housse de couette.

Il la regardait sans comprendre. Elle précisa :

— On va s'en servir pour emballer ton bonhomme. Ensuite on le mettra dans ma voiture.

— Valérie ! Tu es folle !

— Pas du tout. À propos, pour le fric, j'en veux la moitié.

— Il y a toutes les chances que ce soit la moitié de rien…, soupira-t-il.

— Pas grave ! dit-elle en lui posant un baiser sur les lèvres.

Le corps de Julien était encore souple, il fut facile de l'insérer dans la housse. Plus facile, en fait, que d'y fourrer la couette. Valérie partit chercher sa voiture, une élégante Austin Mini bicolore. Elle eut la chance de pouvoir la garer pratiquement au pied de l'immeuble. Alors que Florian commençait à descendre l'escalier, ployant sous le poids de son macabre et encombrant fardeau, surgit Mme Schneider, sa voisine de palier. Florian se figea, terrifié, coupable, incapable de trouver la réplique spirituelle qui dédramatiserait la situation. Contre l'avis de Florian, Valérie avait insisté pour qu'ils chargent le cadavre de jour, craignant d'attirer l'attention une fois la nuit tombée. Il n'aurait jamais dû l'écouter !

— Je ne sais pas comment vous faites, lança Valérie à Mme Schneider avec un naturel stupéfiant, nous, les coussins de notre canapé sont sans arrêt couverts de taches ! Il faut qu'on les amène au pressing tous les trois mois !

— Le secret, répondit l'aimable voisine, c'est de ne pas enlever les housses de protection en plastique quand vous achetez le canapé !

Elle sourit et s'éloigna, heureuse d'avoir donné un conseil utile à ce jeune couple si sympathique.

Ils durent pousser et tirer pour charger Thibault Dastry à l'arrière de la Mini. Il occupait la plus grande partie du volume. Valérie avait décidé de se débarrasser du cadavre du côté de Saint-Gingolph, où elle connaissait des chemins d'accès au lac quasi confidentiels. Florian trouvait l'idée dangereuse, c'était pile sur la frontière, il pouvait y avoir des contrôles. Le gros ballot à l'arrière de la Mini risquait d'exciter la curiosité des autorités.

— Ne me sous-estime pas ! répliqua Valérie sans tenir compte de ses objections.

Un peu avant Saint-Gingolph, elle releva sa jupe sur ses cuisses et défit deux boutons de son chemisier. Précautions superflues, il n'y avait personne au petit poste-frontière. Florian se détendit un peu ; il observa le profil de la jeune femme à la dérobée : elle était ravissante, calme, déterminée. Où puisait-elle cet aplomb ? Valérie travaillait dans un magasin de luxe, elle vendait ces montres qui avaient fait rêver Antoine Percier. Il paraissait douteux qu'elle ait déjà joué les nettoyeurs dans des affaires criminelles. Encore que… Que sait-on vraiment de celles qui partagent notre lit ? Florian se dit qu'elle ferait une mère exceptionnelle, si un jour ils avaient des enfants.

Valérie, de son côté, n'en revenait toujours pas. Florian qu'elle croyait si sage, si rangé, si conformiste, n'avait pas hésité à se lancer dans un coup d'une incroyable audace. D'accord, il s'était un peu emmêlé les crayons sur la fin, et sans son arrivée providentielle, Dieu sait quelle bourde il aurait commise. Cela prouve que les hommes ont toujours besoin des femmes, conclut-elle, la nature l'a voulu ainsi.

Avec la nuit, de fines écharpes de brume s'étaient formées à la surface du lac. Sur la rive opposée brillaient des myriades de points lumineux. Valérie obliqua sur une petite route perpendiculaire à la nationale et emprunta une rampe de béton qui servait aux plaisanciers à mettre leurs bateaux à l'eau.

— Mon père avait un petit dériveur, expliqua-t-elle. On venait souvent ici…

Florian descendit de la voiture. Autour d'eux, tout était calme et bleu. Il respira longuement l'odeur minérale du lac.

— Viens m'aider !

Valérie était allée fureter dans les hautes herbes, à proximité de la rampe ; elle avait trouvé deux grosses pierres, dont ils lestèrent la housse de couette. Après s'être assurés qu'ils étaient vraiment seuls, ils firent rouler le cadavre jusqu'au lac, où il s'enfonça lentement et disparut. De grosses bulles vinrent crever à la surface. C'était fini.

Valérie prit la main de Florian.

— Tu viens ?

Ils rentrèrent à Genève sans encombre et gagnèrent l'appartement de la jeune femme. Ils firent l'amour comme jamais.

*

Ce n'était pas la première fois que Jean-Jacques se retrouvait en cellule, ses opérations anti-OGM lui avaient valu quelques arrestations dont les récits avaient amusé Birgit et ses copains. Là, il n'y avait pas de quoi rire. Il se savait coupable de plusieurs délits graves et l'attitude presque attentionnée des flics présageait le pire. Il avait l'impression d'être seul depuis des heures, il rêvait d'un joint, et les images qui se bousculaient dans sa tête le ramenaient sans cesse à Canard, étendu sans vie dans la chambre 18. L'avait-il tué ? Une idée, lentement, prit forme dans son esprit : s'il s'accusait de la mort de Canard, peut-être se dédouanerait-il du reste. Il pourrait expliquer, par exemple, que le jeune homme les avait entraînés, Antoine et lui, dans cette aventure parce qu'il exerçait sur eux un pouvoir malsain, à la façon d'un Charles Manson ; Canard leur avait caché la mort de l'infirmière, mais l'assassinat gratuit du réceptionniste leur avait ouvert les yeux. Aucun argument ne parvenant à ramener leur camarade à la raison, ils l'avaient drogué pour pouvoir s'enfuir, mais s'étaient trompés dans les doses auxquelles ils n'entendaient rien. L'histoire tenait à peu près la route, quoi que puisse raconter Antoine de son côté.

Lorsqu'il fut amené dans une petite salle d'interrogatoire où l'attendaient un capitaine de gendarmerie à l'air plutôt avenant et un homme en civil au visage émacié qui ne devait pas rire plus d'une fois par an, Jean-Jacques fut convaincu qu'il s'était fourré dans de très sales draps.

— On ne va pas perdre de temps en vaines palabres ! lança Rostopchine. Dites-nous où il est, et le tribunal sera indulgent. Vous avez ma parole. Où est-il ?

— Vous parlez du débile… Je veux dire du vieux monsieur ?

— De qui d'autre ? Je vous écoute. Vite !

— Je ne sais pas…

— N'essayez pas de jouer au plus fin avec nous, Pouchardon ! Vous nous dites où vous avez planqué Julien Dastry, vous vous en sortez vivant. Sinon, je ne garantis rien !

À ces mots, Yolande jeta à Rostopchine un regard effaré.

— Qu'est-ce que vous croyez ? Un type comme Dastry est au-dessus des lois ! Très au-dessus. S'il décide de se faire justice lui-même, personne n'y pourra rien. Ni moi ni vous ! Et vous en ferez les frais, Pouchardon ! On vous retrouvera la gorge tranchée un jour ou l'autre ! Et ce n'est pas en prison que vous serez à l'abri, croyez-moi !

Jean-Jacques se demanda si c'était un numéro qu'il jouait, mais dans le doute, il lança avec des accents très convaincants :

— Je ne sais pas où il est, je vous jure ! Il m'a aspergé de gaz, j'ai cru mourir. Quand j'ai pu rouvrir les yeux, il avait filé.

— Il vous a aspergé de gaz ? s'étonna Yolande. Ça ne lui ressemble guère.

— Il a filé ? répéta Rostopchine pour sa part. Un type qui a passé sa vie entière entre quatre murs ?

— On l'a cherché partout à travers le patelin, monsieur. On ne l'a pas trouvé. Le détective pourra vous le confirmer.

Rostopchine jura et coinça une cigarette entre ses lèvres sans l'allumer. À défaut de pétard, Jean-Jacques aurait donné beaucoup pour tirer quelques lattes. Le capitaine sortit donner des ordres : il fallait que les recherches soient étendues à toute la zone frontalière, ses collègues suisses alertés. Les chances de retrouver un débile léger dans un secteur aussi peuplé étaient plutôt bonnes. D'autant qu'une récompense était toujours promise.

— La mort de Canard, c'est un accident, déclara alors Jean-Jacques à son vis-à-vis.

— Pardon ?

— Sylvain Canard. On n'a pas voulu le tuer, juste le mettre hors jeu.

— Racontez-moi ça, répondit Rostopchine, réprimant son amusement.

Lorsqu'ils étaient entrés dans la chambre 18, le capitaine et lui, ils avaient découvert ledit Canard totalement défoncé, incapable d'aligner deux phrases cohérentes. Le troisième homme, Antoine Percier, paraissait en état de choc. Il tremblait convulsivement, il avait fallu lui administrer des calmants. Tous deux avaient été transférés à l'infirmerie de la maison d'arrêt de Bellegarde, section psychiatrique. Dans le placard attendait un cadavre encore frais qui n'était, heureusement, pas celui de Julien Dastry. Le crime avait eu un témoin direct : Francis Guetart, qui matait de la chambre voisine grâce à une microcaméra. Il risquait une inculpation pour non-assistance à personne en danger, voire complicité de meurtre. Jean-Jacques débita à Rostopchine l'histoire qu'il avait concoctée. Lorsqu'il arriva au passage où il avait été contraint, bien malgré lui et parce qu'Antoine l'y poussait, à injecter vingt millilitres de Ternazol à l'incontrôlable Canard, il sut trouver les accents d'un repentir sincère. S'il avait su que cela causerait la mort de ce pauvre garçon !

— À vous voir, monsieur Pouchardon, déclara Rostopchine, qui se divertissait sincèrement, on a du mal à imaginer que vous puissiez tomber sous la coupe d'individus tels que Canard ou Percier. Vous leur êtes supérieur physiquement, socialement, peut-être même intellectuellement, et pourtant vous vous laissez ainsi manipuler, utiliser, exploiter ?

— J'étais comme envoûté, bêla Jean-Jacques. C'était un peu pareil avec mon ex-femme. C'est peut-être dû à une gentillesse excessive de ma part, en fin de compte…

Le capitaine revint alors dans la pièce et glissa quelques mots à l'oreille de Rostopchine, qui se leva en déclarant :

— Conservez précieusement tous ces arguments pour le procès, monsieur Pouchardon. Vous en aurez besoin. Enlèvement, séquestration, complicité de meurtre, les chefs d'accusation à votre endroit ne manquent pas. Ça devrait chercher dans les vingt ans. Et contrairement à votre complice Canard, vous êtes entièrement responsable de vos actes. À propos, il se porte aussi bien que possible.

Sur ces mots, Rostopchine quitta la pièce, laissant Jean-Jacques effondré. Il maudit le détective et son pronostic à la con. Puis il songea à Birgit qui lui avait agité sous les yeux le spectre d'une vieillesse misérable. Finir SDF lui paraissait, à présent, une option enviable. Vingt ans, bon Dieu ! Il finirait doyen de la prison, si toutefois le milliardaire ne l'y faisait pas égorger, ainsi que l'en avait menacé le flic en civil. Jean-Jacques pleura un peu, puis, rassemblant ses connaissances en méditation orientale, se mit à psalmodier de caverneux « Aouououm… » qui eurent le mérite d'apaiser son désespoir.

Rostopchine et le capitaine Bourcadieu se rendirent ensuite auprès de Francis Guetart, dont ils comprenaient mal quel rôle il jouait dans l'affaire. Le détective se mit à table sans réticences, se retranchant derrière la mission dont l'avait chargé le Dr Cambouilhaud, à savoir surveiller son investissement.

— Je ne comprends pas de quoi vous parlez ! dit Yolande, agacée par les périphrases, le costume et les grands airs du personnage. Quel investissement ?

— Ben son fric. Le fric qu'il a prêté aux Ripolin.

— À qui ?

— Les trois Ripolin, je les appelle. À cause de cette vieille pub où les gars se peignent dans le dos les uns des autres, vous savez…

— Au fait, Guetart !

— Le docteur, il leur a avancé quinze mille euros.

Rostopchine et le capitaine échangèrent un regard.

— Vous êtes en train de nous expliquer que le psychiatre qui soignait Mr Dastry est celui qui a commandité son kidnapping ?

— Ah non, non, non. Le kidnapping, c'est leur idée, aux trois ploucs. Le docteur, il a juste financé le coup. Il sait plus quoi faire de son pognon, faut dire. Moi, je lui ai fortement déconseillé, je tiens à le préciser. Mais ça l'amusait d'un point de vue clinique, comme il a dit. Vous savez comment sont les psys ? Et comme il paie bien, moi…

— Qu'est-ce qu'il vous a fait, le Dr Cambouilhaud ? le coupa Yolande. Pourquoi cherchez-vous à l'incriminer ?

Pas un instant elle ne parvenait à croire que le séduisant médecin eût trempé, même par curiosité professionnelle, dans une aussi lamentable affaire.

— Je vous dis ce qu'il en est, protesta Guetart. La vérité.

— La vérité ? J'ai pris mes renseignements sur votre compte, monsieur Guetart, vous n'avez aucun diplôme, vos états de service sont bidon, votre seul talent consiste à recouvrer les créances en menaçant les débiteurs de brûler leur maison ou de molester leurs enfants. Et vous voudriez que l'on vous croie ?

Le détective resta coi. Par acquit de conscience, Yolande chargea néanmoins le lieutenant Wilmers d'aller poser quelques questions supplémentaires au Dr Cambouilhaud. Le gendarme rappela sa supérieure une heure plus tard pour lui annoncer que le psy était en voyage d'études aux États-Unis.

Il ne fut jamais inquiété.

*

Le lundi matin, Florian se leva de bonne heure pour arriver à la banque parmi les premiers. Il espérait ainsi que Mme Kohler ne lui tiendrait pas rigueur de son absence du vendredi après-midi.

Le jeune homme avait passé le plus étrange des week-ends : le temps lui avait paru comme suspendu. Valérie avait déployé des trésors de tendresse et de lubricité pour lui faire oublier le cauchemar qu'il avait vécu. Elle ne lui avait adressé aucun reproche. Florian l'avait trouvée plus ardente, plus aimante que jamais.

Son existence allait reprendre son cours monotone, sinon qu'il vivrait désormais la peur au ventre, redoutant en permanence que l'on ne découvrît son implication dans l'histoire des ordres de virement trafiqués sur lesquels il avait abondamment laissé ses empreintes… Comment n'avait-il pas songé à les manipuler avec des gants ? Son autre angoisse serait évidemment que le cadavre du vieil homme refît surface. Combien de temps faudrait-il aux poissons et aux micro-organismes du lac pour en venir à bout ? Six mois ? Un an ? Impossible, même sur Internet, de dénicher des renseignements précis sur le sujet.

Avant de monter dans le tram, Florian jeta un coup d'œil rapide aux manchettes des journaux ; *24 Heures* titrait : « Meurtre d'un employé d'hôtel à

Ferney-Voltaire », *Le Temps* : « Nouvelles menaces sur le secteur bancaire ». Rien de nouveau. Florian acheta *Le Temps* et chercha la rubrique des faits divers, craignant de lire : « Le corps d'un inconnu repêché à Saint-Gingolph ». Au lieu de quoi, il découvrit, sur une pleine page, un visage familier : c'était Thibault Dastry, sans cheveux mais avec une moustache. « Avez-vous vu cet homme ? » demandait-on. Suivaient un numéro de téléphone et la promesse d'une récompense à qui pourrait fournir des renseignements. Lorsque ses mains eurent cessé de trembler, Florian se força à regarder de nouveau la photographie : c'était sans aucun doute le vieil homme qu'il avait brièvement hébergé, la moustache en moins, la moumoute en plus. La ressemblance avec Thibault Dastry était criante. Qu'est-ce que cela signifiait ? Qui avaient-ils balancé au fond du lac, Valérie et lui ? Il aurait volontiers appelé le numéro vert pour tenter d'en savoir plus, mais c'était le meilleur moyen de se faire repérer. Après être descendu du tram, Florian appela sa petite amie : elle ne comprenait pas plus que lui, mais lui conseilla d'éviter le tea-room où il avait été vu en compagnie de l'homme recherché.

En arrivant à la banque, Florian tomba sur Mme Kohler, qui lui lança :

— Je vous trouve encore bien pâle, monsieur Vaudruz. Vous êtes sûr que ça va ?

Avec une sollicitude inattendue, elle l'accompagna jusqu'à son poste de travail, lui conseillant de prendre un thé plutôt qu'un café. Florian posa sur son bureau le journal ouvert à la page de l'annonce.

— Comme c'est curieux, s'exclama Mme Kohler en apercevant la photo, on dirait Mr Dastry chauve, avec une moustache ! Vous ne trouvez pas ?

— Ça ne m'avait pas frappé, répondit Florian.

Pendant toute la matinée, il chercha un prétexte pour pénétrer dans le bureau de Mr Chautemps, le chargé de comptes particulier de Thibault Dastry qui avalisait nécessairement les ordres de virement parvenus par courrier. Du coup, il perdit sa concentration, commit deux erreurs que Mme Kohler rattrapa.

— Vous n'êtes décidément pas dans votre assiette, dit-elle. Avez-vous consulté ?

— Non, madame.

— Vous devriez.

Florian se rendit compte que, même une fois admis dans le bureau de Mr Chautemps, il lui faudrait trouver les ordres et les escamoter. C'était irréalisable.

## 20

Thibault Dastry avait été tenu informé, heure par heure, des progrès de l'enquête. Il s'était réjoui que l'on ait enfin repéré les ravisseurs de son frère. Il connaissait l'efficacité du GIGN et ne doutait pas, si jamais l'assaut devait être donné, que Julien s'en tirerait indemne. Toutefois, lorsque Rostopchine lui annonça que les trois types avaient été coincés, plus un quatrième qui jouait cavalier seul, mais que Julien courait toujours, le milliardaire éprouva une amère déception.

— Je ne comprends pas, je ne comprends pas, répétait-il.

— Il semblerait que votre frère soit parvenu à échapper à ses ravisseurs, expliqua Rostopchine.

— J'ai du mal à croire qu'il soit subitement devenu assez malin pour ça, répondit Thibault Dastry. Vous ne me cachez rien, au moins ?

— Rien, monsieur, je vous assure. Nous le recherchons activement. Mais Genève est tout de même une assez grande ville…

— Genève ? Qu'est-ce qu'il ferait à Genève ? C'est insensé !

— C'est la direction qu'il semble avoir prise, monsieur.

— Julien n'a jamais mis les pieds tout seul dans une grande ville. Il va se faire renverser par le premier tram ! s'exclama Thibault Dastry, affolé. J'arrive.

— Vous ne pourrez rien faire de plus ici, je le crains…

— J'arrive, il n'y a rien à discuter.

De toute façon, le milliardaire en avait assez du relais-château de Cendrars. Au moins, à Genève, il avait ses habitudes au Beau Rivage, plus une poignée d'amis et de connaissances qui se feraient une joie de le distraire un peu.

— Merde ! On va de nouveau l'avoir sur le dos ! confia Rostopchine au capitaine.

Une forme de complicité avait fini par rapprocher les deux enquêteurs, de celle qui lie deux galériens enchaînés côte à côte au même banc de nage, rien de plus. Jamais Rostopchine n'avait regardé Yolande comme une femme ; elle ne savait pas s'il convenait de s'en féliciter ou de s'en désoler.

— On va le retrouver, assura-t-elle. C'est une question d'heures.

Suite au passage de l'annonce, plusieurs témoignages lui étaient parvenus. Parmi les plus fiables et les plus précis, celui d'une jeune femme qui travaillait comme serveuse dans un tea-room du centre-ville.

Rostopchine et le capitaine s'y rendirent ensemble, avec la bénédiction de la police cantonale genevoise, qui souhaitait voir cette histoire réglée dans les plus brefs délais, et surtout dans la plus grande discrétion.

Pour les besoins du service, Maria-Dolorès portait une blouse étroitement fermée au col, un tablier de dentelle et les cheveux ramenés sur la nuque en un impeccable chignon. Même accoutrée en soubrette de maison bourgeoise, elle était terriblement sexy, mais Rostopchine ne parut pas s'en apercevoir. J'ai compris.

Il doit s'interdire de regarder les femmes dans le cadre de son travail, se rassura Yolande. Ou il est gay.

Maria-Dolorès expliqua brièvement qu'elle était étudiante aux Beaux-Arts. Ce travail lui permettait de payer ses études.

— Le monsieur de l'annonce est venu chez nous vendredi, déclara-t-elle avec un délicieux accent espagnol. Il a pris la formule.

Elle prononçait « fourmoule ».

— La quoi ? s'étonna Rostopchine.

— Salade, sandwich, pâtisserie maison, une boisson au choix.

— Vous êtes absolument certaine que c'était l'homme de la photo ?

— Il n'avait pas de moustache et portait une perruque de travers, mais c'était lui. Je suis très attentive aux visages, je peins des portraits.

— Des portraits ? Vraiment ? s'intéressa Yolande, qui avait toujours regretté de ne pas savoir tenir un crayon, un pinceau à plus forte raison.

— Vous devez voir quantité de clients au cours d'une journée, interrompit Rostopchine. Pourquoi le sien, en particulier, vous a frappée ?

— Parce qu'il avait une drôle d'attitude. Il était un peu… Comment dire ? Bizarre.

Rostopchine et le capitaine échangèrent un regard : ça collait.

— Il est resté un temps infini aux toilettes, poursuivit la jeune femme en pouffant. Les autres clients s'agaçaient.

— Vous lui avez parlé ? s'enquit Rostopchine.

— Non. C'est le jeune homme qui a passé la commande.

— Le jeune homme ? Quel jeune homme ?!

— Le jeune homme qui l'accompagnait. Plutôt mignon. Très attentionné. Sur le moment, j'ai pensé que c'étaient un grand-père et son petit-fils…

— Comment était-il, ce jeune homme ? demanda le capitaine, qui avait soudain retrouvé tous ses moyens. Vous pouvez nous le décrire ?

— Je peux même vous le dessiner, répondit Maria-Dolorès avec un sourire.

Elle partit chercher dans son sac fourre-tout un bloc de papier à dessin et un feutre. En quelques traits, elle esquissa un visage jeune, romantique et sérieux. Avec de petites lunettes. Yolande se répandit en compliments sur son talent ; plus pragmatique, Rostopchine demanda à conserver le croquis. Maria-Dolorès détacha la feuille du bloc et la lui tendit.

— Ce jeune homme ? Vous l'aviez déjà vu, mademoiselle ?

— Il vient déjeuner ici de temps en temps. Je crois qu'il travaille dans une banque, pas loin.

Il fallut moins de trois heures aux flics français et à leurs collègues genevois pour identifier Florian Vaudruz. Lorsque Mme Kohler, une demi-heure avant la fermeture des bureaux, vint prévenir Florian que deux policiers français souhaitaient lui parler, il espéra très fort mourir sur place. En vain. Les jambes flageolantes, des élancements douloureux dans les reins et dans l'abdomen, il se dirigea vers le petit salon dans lequel on avait prié Rostopchine et le capitaine de patienter. Il était certain d'en ressortir les menottes aux mains.

— Connaissez-vous cet homme ? demanda le capitaine en lui collant sous le nez le portrait de Julien Dastry.

Il ne servait à rien de nier. Des témoins devaient les avoir vus ensemble. La jolie serveuse du tea-room, par exemple, celle qui avait l'accent espagnol.

— Je ne le connais pas à proprement parler, répondit Florian d'une voix qui chevrotait un peu. Je lui ai seulement offert un repas.

— La formule déjeuner, d'après nos informations.

— La formule, effectivement, murmura Florian en rougissant.

— Racontez-nous comment ça s'est passé, l'encouragea Rostopchine, qui trouvait ce jeune employé de banque tout à fait sympathique.

— Eh bien, cet homme marchait devant moi dans la rue, improvisa Florian. Il avait l'air au bout du rouleau. Je l'ai vu trébucher. J'ai cru qu'il allait tomber, je l'ai pris par le bras et je lui ai demandé si ça allait… Quand il a levé les yeux vers moi, j'ai été pris de pitié. Il n'était pas rasé, avait les traits tirés. Ç'aurait pu être mon grand-père, vous comprenez ? Le mien est décédé récemment et il me manque beaucoup…

Florian marqua une pause dramatique. Il commençait à croire lui-même à l'émouvante histoire qu'il était en train de débiter. Son grand-père avait été, en réalité, un être froid et cynique que la présence des enfants insupportait.

— Poursuivez, je vous prie, demanda Yolande d'une voix douce.

Elle aussi trouvait ce jeune homme touchant. Qui oserait encore dire, après un tel récit, que les banquiers n'avaient pas de cœur ?

— Il n'a rien dit, rien réclamé, reprit Florian, mais j'ai compris qu'il avait faim. Je l'ai emmené dans le premier tea-room venu et je lui ai offert à déjeuner. La formule.

— Il vous a parlé ? s'enquit Yolande.

— Juste un « merci ». Du bout des lèvres.

Les deux flics hochèrent la tête.

— On sait qu'il existe de terribles détresses, poursuivit Florian sur sa lancée, mais il faut y être directement confronté pour en mesurer la profondeur. Cet homme avait-il perdu sa femme ? Son enfant ? Ses ressources ? Il s'est enfermé longtemps aux toilettes, je me dois de vous le préciser.

— Et ensuite ?

Florian était quasiment certain que personne ne les avait vus entrer, le vieux et lui, dans son immeuble. Il risqua donc :

— Ensuite, nous sommes repartis chacun de notre côté, moi vers ma banque, lui vers son triste destin.

— Vous ne lisez pas les journaux, monsieur Vaudruz ? demanda soudain Rostopchine.

— Si. Pourquoi ?

— Le portrait de cet homme a été publié en pleine page dans tous les quotidiens, comment se fait-il que vous ne nous ayez pas contactés ?

Florian songea non sans effroi au numéro du *Temps* resté ouvert à son poste de travail.

— C'est que je ne consulte que les pages financières, confessa-t-il avec un humble sourire. Les faits divers ne m'intéressent pas vraiment.

Avec une expression aussi innocente que possible, il crut bon d'ajouter :

— Vous allez sans doute me trouver indiscret, mais qui est-ce, exactement ?

— Un malade, s'empressa de répondre Rostopchine. Un débile léger qui s'est enfui d'un établissement spécialisé. Sa famille le recherche activement. Vous comprendrez que je ne puisse vous donner aucun nom.

— Absolument.

Cette dernière information confirmait, si besoin était, qu'il existait bien un lien entre le vieux qui avait eu le mauvais goût de caner dans son lit et le milliardaire français.

— Merci de votre témoignage, monsieur Vaudruz, déclara le capitaine en se levant.

— En Suisse, on ne prononce pas le « Z », l'informa aimablement Florian.

— *Dru*, répéta Yolande. Vaudru. Eh bien, j'aurai appris quelque chose.

C'était fini. Il était passé entre les gouttes. Pour combien de temps ? S'il venait aux flics l'idée de questionner Mme Kohler, elle mentionnerait son absence inopinée du vendredi après-midi, ils reviendraient à la charge et ses mensonges voleraient en éclats. S'ils découvraient que Thibault Dastry était client de la banque où il travaillait et que des ordres de virement signés J.U.L.I.E.N. avaient été jetés dans la boîte aux lettres le vendredi en question, on se poserait des questions. On chercherait des empreintes sur les documents et on trouverait les siennes. Et si jamais le noyé de Saint-Gingolph réapparaissait… Mieux valait ne pas penser à ce qui se passerait alors.

Le magasin où travaillait Valérie fermait une heure plus tard que la banque. Au moment de quitter les lieux, la jeune femme aperçut Florian qui l'attendait sur le trottoir d'en face. À son expression, elle comprit qu'il se passait quelque chose de grave.

Florian l'entraîna vers la promenade du lac, en jetant des regards inquiets autour de lui, comme s'il craignait d'être suivi. Ils longèrent le quai en se tenant par la taille. Il tremblait un peu.

— Rétrospectivement, je ne sais pas ce qui m'a pris, dit Florian. Un coup de folie, une espèce de flash. Quand j'étais petit, on me lisait des histoires où le diable prenait une apparence humaine. Il venait tenter de braves gens en leur faisant miroiter d'incroyables richesses. C'est exactement ce que je ressens. Le diable m'a tiré par la manche, j'ai cédé à la tentation, et je suis puni !

— Tu ne l'es pas encore, fit observer Valérie.

— Ça ne va pas tarder. Ces flics sont loin d'être idiots.

— Bon. Et qu'est-ce que tu comptes faire, maintenant ? Entrer au couvent pour expier ta faute ?

— Je vais foutre le camp. Je m'envole demain matin pour Kuala Lumpur !

— Ça te désigne comme coupable.

— Tant pis ! Je ne peux pas rester là à attendre que le vieux refasse surface, que les flics dégottent une vidéo sur laquelle on nous voit entrer ensemble dans mon immeuble, ou que l'on s'aperçoive que j'ai rédigé les ordres de virement. En Malaisie, je pourrai changer d'identité, refaire ma vie.

— Et moi, dans tout ça ?

— Tu me rejoins dès que tu peux. Enfin… Si tu m'aimes assez pour tout quitter.

Valérie s'arrêta. La tête lui tournait un peu. Elle contempla l'eau bleue du lac qui clapotait doucement à leurs pieds, le balancement léger des cygnes et des bateaux, les façades sages et régulières, sur l'autre rive. Seules les mouettes, leurs stridences et leurs fientes, parfois, venaient rompre l'harmonie de cette carte postale. La Malaisie ? Pourquoi pas ? Elle embrassa longuement Florian.

Au moment de quitter la banque, Florian avait parlé à Mme Kohler d'une rechute. Elle lui avait répondu :

— Qu'est-ce que je vous avais dit ! J'ai bien vu que vous aviez mauvaise mine. Après votre entretien avec ces deux policiers français, vous étiez livide. Je ne voudrais pas être indiscrète, mais ce n'est rien de grave, au moins ?

— Au contraire. Ils recherchent un vieil homme malade que j'ai eu l'occasion d'aider. Mon témoignage va les aider à le retrouver, j'espère.

Mme Kohler lui sourit. Si elle avait eu une fille, elle l'aurait volontiers mariée à ce petit Vaudruz. Joli garçon en plus. Sérieux, gentil, plutôt futé.

— Vous êtes revenu travailler trop tôt ! affirma-t-elle. Prenez donc deux jours de repos complet.

Florian bénéficiait ainsi d'un petit répit. Avant de disparaître, il tirerait le maximum d'argent avec sa carte de crédit. Il laisserait ses meubles et ses affaires derrière lui, le propriétaire de son appartement s'en arrangerait.

*

Thibault Dastry prit ses quartiers au Beau Rivage. Des fenêtres de sa suite, il aurait pu voir Florian et Valérie s'embrasser, sur la rive d'en face.

Rostopchine vint au rapport : Julien était bien à Genève. La police fouillait activement les lieux fréquentés par les SDF et les marginaux : parcs, foyers, squats. On épluchait les images des caméras vidéo de surveillance urbaine dans un rayon de cinq kilomètres autour du tea-room où Julien avait été formellement reconnu.

Au-delà de l'inquiétude qui le rongeait, le milliardaire trouva humiliant que son frère fût assimilé à ces asociaux qui traînaient leur désœuvrement dans les rues.

— J'aurai bu la coupe jusqu'à la lie ! confia-t-il à Edgar. Jusqu'à la lie.

Pour lui changer les idées, ce dernier suggéra qu'ils pourraient profiter de leur présence à Genève pour jeter les bases de la Fondation Julien-Dastry. Thibault approuva. Rendez-vous fut pris à la banque Ottisberg SA.

Edgar passa une partie de la nuit à échanger des mails avec Mr Chautemps. Il fallait que le terrain eût été soigneusement préparé, les difficultés aplanies, les réponses à toutes les questions anticipées pour l'arrivée de ce prestigieux client le lendemain matin à neuf heures tapantes. Mr Chautemps, qui ne négligeait aucun détail, insista pour que l'on fût en mesure de servir à Mr Dastry, s'il le souhaitait, un petit déjeuner complet, quand bien même il l'aurait déjà pris au Beau Rivage.

Le directeur de la banque qui, pas plus que quiconque, n'était au courant de la disparition de Julien, se fendit d'un bref discours pour louer la générosité, l'altruisme et l'humanité exceptionnels de Thibault Dastry. Il annonça qu'il avait, de son côté, reçu le feu vert de la maison mère, à Zurich, pour que la banque Ottisberg SA fût la première contributrice à cette entreprise charitable, à hauteur de cent mille francs suisses. À la fin de la réunion, Thibault Dastry se vit présenter un ordre de virement de cinq millions d'euros en faveur de la fondation. Il y apposa sa signature convenue : J.U.L.I.E.N., en grandes lettres bâtons. Cette signature, clin d'œil du frère fortuné au frère infortuné, prenait aujourd'hui tout son sens, elle devenait une forme d'hommage à ce pauvre Julien.

Deux jours plus tôt, Mr Chautemps avait personnellement visé des ordres de virement, pour un montant total de vingt millions d'euros, destinés à différents comptes exotiques. La discrétion étant la qualité première d'un banquier, il s'abstint d'y faire allusion devant Mr Dastry. Il préférait, quoi qu'il en soit, ne pas savoir à quoi ou à qui ces vingt millions étaient destinés.

*

Florian, quant à lui, faillit se trouver mal lorsqu'il découvrit le solde de l'un des comptes offshore qu'il avait ouverts. Vérification faite, tous les autres comptes avaient également été crédités. C'est d'une main tremblante qu'il composa un SMS à l'attention de Valérie :

« Banco ! Nous sommes riches ! Viens ! Je t'aime ! »

*

Jean-Jacques fut incarcéré à la prison de Bonneville en attendant son procès. Il sut s'y faire respecter. On comptait sur lui pour régler les litiges, on sollicitait ses conseils dans les domaines les plus variés. Les matons comme les détenus l'avaient surnommé « le gourou ». Pour coller à cette image, il laissa à nouveau pousser barbe et cheveux, et se remit au yoga.

Antoine eut moins de chance : interné dans un établissement psychiatrique, il vit son état se dégrader rapidement. À tous les infirmiers, à tous les médecins qu'il croisait, il parlait de sa mule et des grandes choses qu'il aurait pu accomplir avec elle s'il n'avait pas eu le chat noir qui lui collait aux basques depuis l'enfance. À la fin de sa vie, qui fut brève, il ressemblait un peu à Julien Dastry. Canard fut interné dans le même établissement qu'Antoine, à l'étage où il y avait de forts barreaux aux fenêtres et trois serrures par porte. La Leprolazamine, le Ternazol et la Diproplamine en alternance finirent par le rendre aussi doux qu'un mouton, dont il adopta, à la longue, le regard vide et l'incessant bêlement.

Francis Guetart s'offrit un ténor du barreau grâce auquel il ne passa que quelques mois en prison. Il paya ses honoraires avec un chèque en bois et disparut dans la nature.

*

La housse de couette qui servait de linceul à Julien Dastry n'avait pas été achetée pour cet usage. Sous l'effet de la houle imperceptible qui anime parfois les eaux du lac, le tissu, de qualité médiocre, ne tarda pas à se déchirer aux aspérités des pierres qui le lestaient. Gonflé par les gaz, le corps de Julien Dastry remonta nuitamment à la surface et s'échoua dans les roseaux, quelques kilomètres plus loin, où il fut découvert par un pêcheur matinal.

Il fallut un moment aux autorités pour s'apercevoir que le noyé était ce Français qui avait été si longtemps et si activement recherché dans tout Genève : rongé par les petits poissons et les sels minéraux, le visage n'offrait déjà plus qu'une pâle ressemblance avec le portrait paru dans la presse. Une autopsie fut pratiquée, c'était la règle. Elle montra sans ambiguïté que Julien Dastry avait succombé à un arrêt cardiaque et qu'il avait été balancé à la flotte post mortem.

— S'il s'agissait de n'importe qui d'autre, murmura le légiste, j'aurais pensé que la famille voulait s'éviter les frais d'un enterrement. Mais le frère de Thibault Dastry, tout de même…

Julien fut donc recousu avec le plus grand soin, et les sages Genevois, soucieux de préserver leur tranquillité, convinrent entre eux de raconter au milliardaire français que son frère, au cours de son errance, était malencontreusement tombé à l'eau. Triste accident, assez fréquent, hélas. Mais on ne pouvait entourer un lac aussi vaste de clôtures sécurisantes à l'instar d'une vulgaire piscine, n'est-ce pas ?

Thibault Dastry avala le mensonge sans broncher. Rostopchine lui-même, revenu à ses indicibles fonctions au sein de la DCRI ne trouva rien à redire à cette version des faits. Le visionnage de centaines d'heures de vidéosurveillance n'avait rien donné. Il paraissait plausible que Julien, attiré par les eaux miroitantes du lac, se fût aventuré trop près du bord et sottement noyé, il ne savait évidemment pas nager.

Seule le capitaine Bourcadieu tiqua en apprenant la nouvelle. Le village de Saint-Gingolph, à proximité duquel avait été retrouvé le corps, était à soixante kilomètres de Genève. Comment Julien aurait-il pu marcher jusque-là au rythme où il se déplaçait ? Comment s'était-il nourri ? Comment se faisait-il que les riverains du lac, toujours prêts, en bons citoyens, à signaler aux autorités ce qui sortait de l'ordinaire, n'aient pas mentionné la présence de ce curieux bonhomme ? Yolande garda toutefois pour elle ses doutes et ses questions. À l'issue de cette affaire, elle avait appris, elle aussi, l'art de ne jamais faire de vagues sans nécessité.

Thibault Dastry organisa pour son frère Julien des funérailles grandioses. Un prétentieux mausolée fut érigé à son nom au cœur du parc où les bâtiments de la fondation éponyme commençaient à sortir de terre.

## Remerciements

Merci à Sylvie Nordheim pour sa lecture éclairée et ses suggestions, à Paul Berthier pour ses encouragements, à toute l'équipe des éditions Héloïse d'Ormesson pour sa gentillesse et son professionnalisme.

Composition et mise en pages
Nord Compo à Villeneuve-d'Ascq

Imprimé en France par

MAURY IMPRIMEUR
à Malesherbes (Loiret)
en mars 2022



POCKET - 92 avenue de France, 75013 PARIS

N° d'impression : 261640
S32223/01